De Cock en een recept voor moord

A.C. Baantjer

De Cock

en een recept voor moord

De Fontein

ISBN 978 90 261 2239 2
NUR 332

Ontwerp omslag: Hans Gordijn
Foto omslag: Alison Cornford-Matheson
Grafische verzorging: V3-Services, Baarn

1

Rechercheur De Cock van het oude politiebureau aan de Amsterdamse Warmoesstraat sjokte met zijn handen diep in de zakken van zijn regenjas over het brede trottoir van het Damrak. Plukken grijs haar puilden vanonder zijn vettige vilten hoedje. Op zijn brede gezicht lag een sombere trek. De vriendelijke accolades rond de mond hadden hun dartele boogjes verloren. Ze stonden strak. Bijna nors.
Vledder, zijn jonge collega, stapte rustig naast hem voort. Zo nu en dan keek hij zijn oude leermeester van terzijde aan. Moest hij De Cock met rust laten of kon hij het stilzwijgen beter verbreken?
'Heb je de smoor in?' vroeg hij ineens.
De grijze speurder antwoordde niet. Hij boog het hoofd wat dieper en trok zijn schouders op. Er stond een straffe wind, vermengd met vlagen regen. De winter trok zich woedend terug voor een opdringende lente. Bij het Victoriahotel sloegen ze linksaf. Op de Prins Hendrikkade leek de wind nog feller. De Cock greep haastig naar zijn hoed, die dreigde van zijn hoofd te worden gerukt.
De oude rechercheur gromde een verwensing.
Vledder lachte.
'Ja, je hebt de smoor in,' stelde hij bijna vrolijk vast. 'Ik zie het duidelijk.'
De Cock keek schuins naar hem op.
'En sinds wanneer is dat verboden?' mopperde hij kortaf.
'Je zou ermee kunnen beginnen,' reageerde Vledder, 'mij te vertellen wat er aan de hand is. De hele dag al loop je rond met een gezicht van oude lappen en je scheldt en gromt tegen iedereen die bij je in de buurt komt. Die arme Afra Molenkamp van de administratie moest het ook al ontgelden. Dat doe je toch niet tegen zo'n aardig mens. Nu slenter je nog langzamer dan anders en zegt geen woord. Ik heb er recht op te weten wat jou dwarszit.'

De Cock snoof.
'Ik pieker me suf,' sprak hij korzelig. 'Ik weet zeker dat ik in een grijs verleden eens een zaak heb behandeld met een vervalst recept van een arts, dat een cruciale rol speelde. Afra heeft ook niets in de dossiers kunnen vinden. En dat vind ik bezopen.'
'Zoiets kun je haar ook niet kwalijk nemen. Die oude dossiers, puh, daar kun je dagen in zoeken. Dat gaat nu gelukkig allemaal digitaal.'
'Digitaal...' De Cock sprak het uit alsof het een vies woord was.
Vledder fronste zijn wenkbrauwen.
'Herinner je je nog iets? Een naam, een plaats, misschien een verdachte, iets van het slachtoffer?'
De Cock schudde zijn hoofd.
'Die zaak is volledig uit mijn herinnering weggezakt. En geloof me, dat irriteert me mateloos. Ik word echt oud, geloof ik. Dat ergert me ook. Het is beslist ergens onder mijn hersenpan opgeslagen, maar ik kan er niet bij komen. Ongrijpbaar. Ik ben er al de hele dag mee bezig. Alleen dat recept is in mijn gedachten blijven hangen. Een recept... zo meen ik... dat een arts foutief had uitgeschreven, zoiets.'
'En de gevolgen?'
Over het gezicht van De Cock gleed een glimlach. Het was zijn eerste glimlach van de dag.
'Dat is de ellende,' grinnikte hij. 'Ik weet de afloop van die zaak niet eens meer. Huh...'
De oude rechercheur maakte een wegwerpgebaar.
'Laat maar zitten. Hoe langer ik erover denk hoe chagrijniger ik word.'
Vledder spreidde zijn handen.
'Vertel me dan hoe dat recept ineens terug in je gedachten kwam. Misschien kom je zo wat verder.'
'Door mijn vrouw.'
'Wat heeft die ermee te maken?' riep Vledder uit.
'Dat zal ik je vertellen.' De Cock leek een stuk opgewekter. 'Mijn vrouw kreeg van de week pijn aan haar voeten. Vooral bij de grote teen. Het was nogal heftig. En ze is echt niet kleinze-

rig. Onze huisarts constateerde dat haar nieren niet meer optimaal werken. Te veel urinezuur. Hij dacht aan jicht en gaf haar een recept mee voor colchicine.'
'En?'
De Cock zwaaide breed.
'Colchicine,' reageerde hij, 'is een vergif!'
Vledder reageerde verrast.
'Een arts schrijft toch zomaar geen vergif voor?'
'Colchicine is zelfs een zwaar vergif,' herhaalde De Cock venijnig.
'Hoe weet je dat?'
De Cock bleef ineens midden op het trottoir stokstijf staan. Zijn mond zakte halfopen, maar zijn blik verhelderde.
'Ik weet het weer,' riep hij opgelucht en rechte zijn rug. 'Door die kwaal van mijn vrouw heb ik dingen verward. In die oude zaak die ik bedoelde, was helemaal geen sprake van een recept. Nee, met een recept had het niets te maken. In die zaak speelde een vrouw een rol, die in het kruidentuintje achter haar huis herfsttijloos* verbouwde, dat is het!'
'Herfsttijloos?'
De Cock knikte.
'Een plantje dat veel op een krokus lijkt, maar het bloeit niet in het voorjaar, maar in het najaar.'
Vledder keek hem vragend aan.
'Een giftig plantje. Nou je het zegt, daar staat me nog wel iets van bij. Hoe zat dat ook alweer?'
De Cock grijnsde.
'Herfsttijloos bevat stoffen waarvan men colchicine kan bereiden. Dat is volgens de overlevering ontdekt door de mythische Medea van Colchis, die het vergif voor het eerst zou hebben toegepast. In Romeinse regeringskringen werd colchicine veelvuldig gebruikt om met vergif tegenstanders uit de weg te ruimen.'
'Noem er eens een?' Vledder was allang blij dat De Cock in een betere stemming was en hij liet hem maar vertellen.
De Cock gebaarde.

* Zie: *De Cock en de naakte juffer*

'De hakkelende Romeinse keizer Claudius is vrijwel zeker door zijn vierde vrouw, de intrigerende Agrippina, met colchicine vergiftigd.'
'Waarom?' Vledder leunde tegen een muur. Als De Cock over geschiedenis begon...
'Agrippina had een zoon uit een vorig huwelijk. Ze kreeg Claudius zo ver dat hij die zoon tot zijn opvolger benoemde. Toen Claudius dreigde op zijn beslissing terug te komen...'
Vledder vulde het antwoord in:
'...gaf ze hem wat colchicine.'
'Vermoedelijk in een drankje,' antwoordde De Cock. 'Colchicine lost gemakkelijk op in alcohol.'
Vledder trok een denkrimpel in zijn voorhoofd.
'Hoe heette die zoon van Agrippina?'
'Nero.'
'Aha, die later Rome in brand stak!' Vledder knikte, wie wist dat nou niet?
De Cock zette zich weer in beweging.
'Precies.'
Vledder volgde hem grijnzend.
'En nu terug naar je vrouw.'
'Wat bedoel je?' vroeg De Cock verwonderd.
'Gaat zij die colchicine nu gebruiken?'
De Cock glimlachte.
'Ik heb aan onze huisarts gevraagd om haar een ander middel voor te schrijven tegen haar jicht.'
'Je laat haar niet vergiftigen.'
De Cock knikte. Zijn gezicht stond ernstig.
'Er zijn in het verleden nogal eens foutjes met colchicine gemaakt... een verkeerde komma bij het vaststellen van de juiste dosis en je kunt de begrafenispolis uit de kast halen.'
Vledder moest erom lachen.
Ze liepen zwijgend verder. Na een tijdje verbrak Vledder de stilte.
'Lekker, een frisse neus halen, maar waar gaan we eigenlijk naartoe?'
De Cock ademde zwaar.

'Naar de Singel.'
Vledder wuifde om zich heen.
'En dit vind jij de kortste weg?'
De Cock schudde zijn hoofd.
'We lopen iets om. Mijn geest in verwarring had behoefte aan zuurstof.'
'Je hebt me niets verteld over de Singel.' Het klonk bestraffend. 'Wij werken samen, weet je nog?'
De Cock gebaarde voor zich uit.
'Je hebt gelijk. Gisteravond ben ik thuis nog gebeld door een mij totaal onbekende man, die mij dringend verzocht om hem vandaag na kantoortijd te komen bezoeken. Hij had een probleem. Onder vier ogen wilde hij een belangrijke mededeling doen.'
'Onder vier ogen? Wat een stiekemerd!'
De Cock knikte.
'Na enig aandringen toonde hij zich bereid om ook jou bij het gesprek toe te laten. Ik doe toch nooit iets alleen,' voegde hij er een beetje verongelijkt aan toe.

De oude rechercheur liet zijn blik door het kantoor dwalen. Het zag er keurig uit. Aan de wanden hingen foto's van mannelijke en vrouwelijke modellen in modieuze kleding. Een prettige, niet storende verlichting daalde vanuit het plafond neer op de bureaus. Overal stonden computers.
Ongeveer in het midden van het kantoor, achter een immens groot bureau, zat een man in een smetteloos lichtgrijs kostuum. De Cock schatte hem op voor in de dertig. Hij had zacht golvend donkerblond haar en een vriendelijk ogend ovaal gelaat met bruine ogen. Toen de man de rechercheurs zag naderen kwam hij haastig overeind en schoof twee stoelen voor zijn bureau. Daarna drukte hij hen de hand en wees naar de door hem klaargezette stoelen.
'Neemt u plaats.'
Vledder ging zitten, maar De Cock bleef staan.
'U hebt zich gisteravond niet aan mij voorgesteld,' sprak hij streng.

De man bracht even zijn rechterhand naar zijn mond.
'Dat is waar. Dat heb ik mij later ook gerealiseerd. Maar ik was zo blij dat ik u aan de lijn had, dat ik...' Hij voelde zich duidelijk wat ongemakkelijk, pauzeerde even en vervolgde toen: 'Mijn naam is Bernisse, Henry Bernisse. Ik ben in dienst van het modehuis Gerbrandsen. Dit is het kantoor van ons modehuis.'
Hij ging weer zitten. De Cock nam naast Vledder plaats.
Bernisse maakte met zijn platte handen een bijna bezwerend gebaar over het bureau waaraan hij zat.
'Dit is niet mijn plek. Ik heb hier maar een simpele kantoorfunctie. Wel beschik ik over een sleutel van het kantoor, zodat ik u hier op dit uur, buiten kantoortijd, kan ontvangen.'
De Cock glimlachte.
'Het is niet onze gewoonte om op elk vaag telefoontje in te gaan, en zeker niet na kantoortijd. Maar ik beluisterde gisteravond in uw stem een lichte trilling van paniek.'
Bernisse knikte.
'Dat klopt, en daar gaat het ook over. Ik maak mij ernstig zorgen.'
'Over wie... over wat?'
'Ik ben zo'n beetje de protégé van de heer Gerbrandsen, eigenaar van dit modehuis. Door hem heb ik mijn baan hier op kantoor gekregen. Een broer van mijn vader had vroeger een atelier, een confectiebedrijf. Hij kende Gerbrandsen nog van vroeger.'
De Cock glimlachte.
'En over die heer Gerbrandsen,' sprak hij beminnelijk, 'maakt u zich zorgen?'
Vledder volgde het gesprek geamuseerd. Hij kende de tactiek van zijn mentor en hij wist dat De Cock het ene moment liefjes kon doen en na een stilte donderend zijn volgende vraag kon afvuren.
Bernisse zuchtte.
'Rudolf – ik mag hem bij zijn voornaam noemen – is woedend op de heer Verbruggen van modehuis Verbruggen, dat is een concurrent van ons.'
De Cock schonk hem een milde grijns.
'Concurrenten liggen wel vaker met elkaar overhoop,' sprak hij gladjes.

Bernisse schudde zijn hoofd.
'Dit is ernstiger,' sprak hij met een vreemd gespannen gezicht. 'Veel ernstiger! De heer Verbruggen heeft op internet een eigen website, en die gebruikt hij om Rudolf en ons modehuis belachelijk te maken en te bespotten.'
'Toch niets om je zorgen over te maken?' vroeg De Cock glimlachend.
Bernisse spreidde zijn handen.
'Het gaat heel ver. Die man beschuldigt ons van fraude, van diefstal en het imiteren van creaties van anderen. Ons maatwerk, zo meldt hij, is nog slechter dan de gemeenste confectie. Kortom, hij belastert ons met grove leugens. Dat benadeelt onze business. Het heeft ons bedrijf al een stroom aan relaties gekost.'
Bernisse schoof een map die voor hem lag over het bureau in de richting van De Cock.
'Op verzoek van de heer Gerbrandsen heb ik de berichten van de website van Verbruggen de laatste maanden regelmatig gedownload. Hier heb ik de prints voor u.'
De oude rechercheur trok zijn wenkbrauwen op.
'Wat is dat, "gedownload"?'
'Berichten binnenhalen naar mijn computer. En die heb ik hier voor u afgedrukt op papier.'
Onwillekeurig moest Vledder grinniken.
De Cock trok zijn schouders op.
'Dit is geen affaire voor de recherche,' sprak hij hoofdschuddend. 'Laat de heer Rudolf Gerbrandsen een civiele procedure tegen Verbruggen beginnen, een dwangsom bedingen bij verdere aantijgingen en een goed gefundeerde eis tot schadevergoeding.'
Bernisse boog zich naar voren. Een zenuwscheut trilde over zijn wang.
'Ik ben bang,' sprak hij hees, 'dat Rudolf zich op een keer aan hem vergrijpt. Ik weet dat hij al eens met moordplannen naar het huis van Verbruggen aan de Keizersgracht is gegaan. Toen hij op het bordes stond en wilde aanbellen, kwam hij tot bezinning. Maar als die Verbruggen doorgaat met zijn beschuldigingen, dan gebeuren er ongelukken.'

De Cock strekte zijn wijsvinger naar hem uit.
'Hebt u zich persoonlijk wel eens in deze affaire gemengd? Hebt u de heer Verbruggen benaderd om hem zijn acties te laten stoppen?'
'Nee. Ik ben geen partij.'
De Cock keek de man achter het bureau onderzoekend aan.
'Weet de heer Gerbrandsen dat u nu hier tegen ons dit betoog houdt?'
Ons, bedacht Vledder, ik zit hier anders meer als decor.
Bernisse schudde zijn hoofd.
'Dit,' sprak hij geëmotioneerd, 'is mijn eigen initiatief. Rudolf weet hier niets van. Hij mag het ook niet weten. Hij zou mijn gedrag beslist afkeuren.'
De Cock beet op zijn onderlip en wachtte even, terwijl hij Henry Bernisse vorsend aankeek. Toen vroeg hij:
'Hoe is uw relatie tot de heer Gerbrandsen?'
'Vriendschappelijk.'
'Niet meer...'
Bernisse kneep zijn lippen op elkaar.
'Ik ben geen homo... als u dat bedoelt.'
De Cock knikte vaag.
'Dat bedoel ik.'

Ze liepen van de Singel terug naar de Kit. Een felle wind mepte vlagen regen in hun gezicht. De Cock trok de kraag van zijn regenjas omhoog en schoof zijn oude hoedje naar voren.
'Gaan we hier nog iets aan doen?' riep Vledder tegen het geluid van de wind en het straatrumoer naar De Cock. Hij wilde weten wat zijn rol nu was.
De Cock liep voor zijn doen stevig door.
'We pakken straks de Golf en brengen een bezoekje aan de heer Verbruggen. Heb jij het nummer op de Keizersgracht?'
Vledder gromde. De auto door het stadsverkeer loodsen, daar was hij goed genoeg voor.
'Dat nummer is 1117. Wat leggen we hem ten laste?'
De Cock schudde zijn hoofd.
'Niets. We vragen hem alleen waarom hij zulke onaardige din-

gen over het modehuis Gerbrandsen op zijn... hoe noemde hij dat ook weer?'
'Website.'
'Op zijn website zegt.'
'En we gebruiken het verhaal van die Henry Bernisse als inleiding?'
De Cock antwoordde niet direct.
'Heb jij thuis een computer?'
'Ja.'
'Doe je wel eens iets met internet?'
Vledder maakte een schouderbeweging.
'Als ik iets wil weten zoek ik dat op via een zoekprogramma op internet. Wanneer ik iets wil aanschaffen, bijvoorbeeld de nieuwste, modernste wasmachine, dan vraag ik naar de modernste wasmachines. Eerst kijk ik welke de beste is en dan krijg ik alle informatie die ik wens.'
'En een maatpak?' grinnikte De Cock. 'Kun je dat ook zoeken?'
Vledder lachte.
'Dan tik ik maatkostuum in, of kleermaker.'
'Kom je dan de website van die Verbruggen tegen?'
'Vermoedelijk wel. Elk bedrijf heeft tegenwoordig een website.'
De Cock grijnsde en tikte Vledder op zijn arm.
'Jij hebt van de week op internet naar een maatkostuum gezocht. Je hebt de website van Verbruggen gevonden en je erover verbaasd dat er zoveel negatieve zaken over het modehuis Gerbrandsen in worden genoemd. Dan hoeven wij de naam van Henry Bernisse niet prijs te geven.'
Vledder keek zijn oude collega geamuseerd aan.
'Dat is een leugen, De Cock. Maar je hebt het trucje snel door.'
De oude rechercheur knikte.
'Een leugentje om bestwil kan een oude rechercheur zich wel permitteren.'
'Wel slim van een digibeet als jij.'
'Wat ben ik nou weer? Digibeet, door wat ben ik nou gebeten?'
Vledder lachte De Cock uit en verklaarde: 'Een digibeet is iemand die volstrekt onkundig is op het gebied van computers.

Nou, dat mag ik van jou toch wel zeggen, maar je koketteert er wel een beetje mee. Dus ik doe straks het woord,' zei hij zelfverzekerd.
De Cock maakte een hulpeloos gebaar.
'Jij had toch een maatkostuum nodig? Kom op, we gaan naar Verbruggen.'

Het gedeelte van de Keizersgracht waar de twee rechercheurs moesten zijn, lag er wat verlaten bij. Er liep niemand. Vledder vond aan de walkant tussen de bomen een plekje voor hun oude Golf. Het geluid van het stadsverkeer klonk van ver. Toen de rechercheurs uitstapten scharrelden een paar vette ratten in het duister tussen de auto's. Vledder gruwde en klapte het portier dicht.
Nummer 1117 bleek een prachtig grachtenpand met een imposante gevel en een van twee zijden te bestijgen bordes.
Ze klommen langs een van de stenen trappen omhoog en bleven voor de deur staan. Rechts aan de gevel hing een glimmende koperen plaat met *W.T.G. Verbruggen* in zwarte verzonken letters.
Tot verwondering van De Cock stond de monumentale, groengelakte deur op een kier. Toen hij zijn knie ertegenaan drukte, ging de deur langzaam verder open. Hij bekeek de deurstijlen. Er waren geen sporen van braak of verbreking.
De Cock bleef even besluiteloos staan. Daarna drukte hij met zijn elleboog de deur ver genoeg open om naar binnen te gaan. Vledder volgde en probeerde langs De Cock het pand in te kijken, bedacht op onverwachte acties.
Het was binnen aardedonker. Er brandde niet het kleinste lampje.
De Cock haalde zijn zaklantaarn tevoorschijn en knipte hem aan.
Zo min mogelijk geluid makend slopen ze achter de lichtkegel van de zaklamp verder.
Na een portaal met een fraaie staande Friese klok bereikten ze een brede gang van witgeaderd marmer. De oude rechercheur liet het ovaal van zijn zaklantaarn door de gang dwalen. Vled-

der tuurde mee. Hoog aan het plafond zag hij vele wulpse engeltjes in reliëf.
Ongeveer in het midden van de gang stond een kunstig bewerkte eikenhouten deur op een kiertje open. Ook deze deur duwde De Cock met zijn elleboog verder open. Het licht van zijn zaklantaarn danste door het vertrek en bleef rusten op de monumentale omlijsting van een open haard. Hij liet het licht van zijn zaklantaarn zakken en tastend de ruimte tegenover de open haard beschijnen. Daar stond een ronde tafel met een paar pompeuze lederen fauteuils.
Voorzichtig, op de toppen van zijn tenen, schoof De Cock verder het vertrek binnen. De vloer maakte minieme kraakgeluiden. Achter een van de fauteuils stopte hij geschrokken. Hij keek tegen het achterhoofd van een man. Op zijn rug hingen de twee stokjes van een wurgkoord.
De oude rechercheur liep om de stoel heen. Hij scheen met zijn zaklantaarn in het gezicht van de man. Twee wijd opengesperde ogen staarden wezenloos in het niets.
Vledder was De Cock zwijgend gevolgd en had alle details die de lichtbundel bescheen, goed in zich opgenomen. Hij stond hijgend naast De Cock in het starende dode gezicht te kijken.
'Dood?' fluisterde hij.
De Cock knikte.
'Als een pier.'

2

Rechercheur De Cock stootte Vledder met zijn schouder aan en scheen met de lichtkegel van zijn zaklantaarn in de richting van de deur waardoor zij de kamer waren binnengekomen.
'Daar naast die deur,' wees hij, 'is wel ergens een schakelaar. Het is hier aardedonker. Doe het licht aan. De gordijnen zijn toch dicht. De batterijen van dit ding zijn bijna op.'
Hij lichtte Vledder bij en knipte de zaklamp uit. Nog geen seconde later brandde in het midden van het vertrek een gigantisch grote kroonluchter, die het gehele weldadige interieur met zijn schittering fel belichtte.
Vledder liep terug.
'Zal ik de meute waarschuwen?' Nu het licht brandde fluisterde hij niet meer.
'Hoe laat is het?' vroeg De Cock.
'Bijna negen uur.'
'Laten we hier nog even een poosje rustig en ongestoord om ons heen kijken voordat de meute straks alle sporen vertrapt.'
Vledder boog zich over het slachtoffer.
'Zie je dat,' riep hij verrast, 'er zit een papiertje met een veiligheidsspeld op de revers van zijn jasje geprikt.' Hij bukte zich nog iets dieper. 'Het is ongeveer tien bij vijftien centimeter groot. Het lijkt wel zo'n briefje van een dokter.'
'Je bedoelt een recept?'
'Ook toevallig. Vanmiddag had je het nog over een recept.'
'Toeval bestaat niet, of juist wel, Dick. Van wie is het, wat staat erop?'
'Linksboven staat gedrukt *Jan van Aken, arts, Fluitstraat 197, Purmerend.*'
De Cocks gezicht vertoonde een zoete grijns.
'Die man kennen we... een aardige en vooral bekwame huisarts in Purmerend. We hebben hem in het verleden wel eens geconsulteerd.'

Vledder trok zijn schouders op.
'Kan wel.'
'Wat staat er verder?'
'Pede poena claudo,' las Vledder voor met een gek vertrokken gezicht.
'Handgeschreven?'
'Ja.'
'Nog meer?'
Vledder ademde diep, een briefje voorlezen dat op de borst van een dode met open ogen is gespeld, was geen prettig onderdeel van het recherchevak.
'Deze vent is door mij persoonlijk met plezier gewurgd. En daar weer onder op een nieuwe regel: *Zodat zijn verrotte ziel tot in eeuwigheid in de hel kan branden.*'
Snel kwam hij overeind en deed een stap naar achteren.
De Cock trok een grijns.
'Ook in handschrift?'
'Precies. Hetzelfde schrift, met blauwe balpen, lijkt me zo.' Hij stak zijn handen in de zakken van zijn leren jack en grinnikte. 'Welke arts schrijft er zo'n recept uit.'
De Cock bromde.
'In elk geval niet van Jan van Aken.'
'Zijn naam staat erboven.'
De Cock schudde zijn hoofd.
'De moordenaar of moordenares heeft alleen een receptenbriefje van hem gebruikt,' zei hij korzelig.
'Het is wel een heel vreemd recept met een nogal heftig taalgebruik... ik proef woede. Wat een tekst, en dat op een receptenbriefje. Ik neem aan dat er geen handtekening onder staat.'
'Allicht niet.' Vledder deed nog een stap naar achteren.
'Wat betekent *pede poena claudo*?' vroeg hij.
'Dat is Latijn.'
'Zoveel snap ik er ook wel van. Daar ben jij toch zo goed in? Ik heb je al zo vaak Latijnse kreten horen slaken.'
De Cock grijnsde breed.
'Ik heb vroeger,' sprak hij verklarend, 'zomaar uit hobby en pure nieuwsgierigheid uitdrukkingen in het Latijn verzameld. Die

dode taal herbergt tal van wijsheden.' Hij gniffelde. 'Mijn eerste verovering was de kreet *pecunia non olet*... geld stinkt niet.'
Vledder wees naar het blaadje op de revers van het slachtoffer.
'En wat betekent *pede poena claudo*?'
'Letterlijk: de straf met kreupele stappen.'
'Wat is een straf met kreupele stappen?' schamperde Vledder.
'Het is volgens mij een Latijnse woordspeling. Bedoeld wordt: een straf die laat – te laat – op de misdaad volgt.'
Vledder keek enige tijd peinzend de kamer rond en knikte in de richting van de dode man.
'De moord op deze man is dus bedoeld als straf?'
'Dat blijkt uit dat *pede poena claudo*,' zei De Cock. 'Je zou het ook een wraakoefening kunnen noemen... een verlate wraakoefening voor een daad of meerdere daden in het verleden.'
Vledder blikte op zijn horloge.
'Wil je nou nog rondneuzen hier of zal ik de meute waarschuwen?'
'Doe maar.'
Vledder maakte een laatdunkende schouderbeweging naar het slachtoffer.
'Het is een eenvoudige zaak.'
De Cock keek hem verbaasd aan.
'Hoezo... eenvoudig?'
Vledder grijnsde.
'We hoeven alleen de dader maar op te halen.'
'Zo simpel?'
'Dat dacht ik wel.'
'Wie? Wie moeten we dan ophalen?'
'De geprikkelde concurrent van het slachtoffer natuurlijk,' zei Vledder. 'Rudolf Gerbrandsen. Of ben je vergeten hoe we hier in dit pand aan de Keizersgracht terecht zijn gekomen?'
De Cock reageerde niet. Hij kneep zijn ogen tot spleetjes en spitste zijn oren.
'Heb je de voordeur achter je gesloten?' vroeg hij zacht.
Vledder schudde zijn hoofd en fluisterde terug, ook hij had iets gehoord. 'Ik heb hem weer op een kier gezet. Precies zoals we hem hebben aangetroffen.'

De Cock pakte hem bij zijn arm en leidde hem naar de scharnierzijde van de kamerdeur. Daar drukte hij hem tegen de muur.
'Daar komt iemand,' sprak hij fluisterend.
Vledder wees naar de schakelaar en deed of hij het licht uit wilde doen.
De Cock schudde zijn hoofd en bewoog zijn wijsvinger in een ontkennend gebaar heen en weer.
Het indringende geklik van voetstappen in de marmeren gang kwam dichterbij. Enige seconden later gleed een zwoele geur van parfum langs de twee rechercheurs. In het midden van het vertrek bleef een slanke vrouw plotseling staan en blikte om zich heen.
Ze was gekleed in een opvallende, glimmende plastic regenjas, vuurrood, met grote zwarte stippen.
Haar helblonde golvende haren die over de schouders en de rug vielen, met glans beschenen door de kroonluchter, contrasteerden sterk met haar opvallende jas. Een wat verschoten spijkerbroek en een paar minuscule zwarte schoentjes met spitse hoge hakken staken eronderuit.
Bij haar verschijning in de rode jas met stippen drong zich heel even de gedachte aan een lieveheersbeestje bij De Cock op. Hij schudde kort zijn hoofd en bezag de smalle rug van de fragiele gestalte, in afwachting van de kreet van schrik die de jonge vrouw bij de ontdekking van het lijk zou slaken.
Het duurde iets langer dan hij had verwacht. Maar de kreet van schrik en angst kwam... het was een gil die resoneerde tegen de wanden van het vertrek en echode zelfs uit de gang.
De jonge vrouw draaide zich in paniek om en rende terug naar de deur.
De oude rechercheur bezag in een fractie van een seconde hoe stralend mooi ze was, hoe bevallig, en drukte vervolgens met zijn linkerarm de deur met een klap dicht. Even genoot hij van haar verwarring en liep toen, getooid met zijn beminnelijkste glimlach, op haar toe.
Niet zonder genoegen volgde Vledder.
'Mijn naam is De Cock,' opende de oude rechercheur vriende-

lijk. 'De Cock met... eh, met ceeooceekaa.' Hij wees op Vledder. 'En dat is mijn jonge collega en onvolprezen hulp Dick Vledder. Wij zijn beiden als rechercheur verbonden aan het politiebureau in de Warmoesstraat.'
De jonge vrouw stond hijgend en met een blos op haar gezicht voor hem. Haar grote blauwe ogen gleden schichtig van De Cock naar Vledder en terug.
'Recherche?'
Vledder keek bewonderend toe. Hij wist dat De Cock het woord zou doen en dat hij intussen de tijd had om de aantrekkelijke vrouw te bestuderen.
De Cock strekte zijn arm in de richting van het slachtoffer in de fauteuil.
'Daar ligt een dode man,' sprak hij zacht. 'Aan uw reactie te oordelen heeft u hem zojuist herkend. Er zijn duidelijke aanwijzingen dat hij door misdaad om het leven is gebracht. Kortom, volgens onze overtuiging is hier sprake van moord.'
'Van... van moord?' stamelde ze.
De Cock vervolgde.
'U kent hem?'
De jonge vrouw knikte. Het felle rood was uit haar gezicht getrokken. Ze zag bleek. Zelfs haar volle lippen hadden geen kleur.
'Hij is... eh, dat is mijn directeur,' sprak ze hakkelend, 'de heer Verbruggen. Charles Verbruggen, directeur van modehuis Verbruggen.'
'En wie bent u?'
'Ik ben Mathilde... Mathilde de Graaf. Ik ben als secretaresse bij de heer Verbruggen in dienst.'
'U hebt vrije toegang tot zijn woonhuis, eh... dit pand?' De Cock wees om zich heen.
Mathilde de Graaf zuchtte.
'Eén of twee dagen in de week kom ik 's avonds om een uur of negen hier naar de Keizersgracht voor een kleine bespreking en soms neem ik brieven op. De heer Verbruggen zet dan de buitendeur vast op een kier, zodat ik niet hoef aan te bellen.'
De Cock glimlachte begrijpend.

'Ook vanavond was er zo'n afspraak?' vroeg hij liefjes.
Vledder keek geamuseerd toe hoe De Cock zijn vragen op de secretaresse afvuurde. Hij beluisterde de formele toon. Tegelijkertijd begreep hij hoe ongemakkelijk de jonge vrouw zich in die kamer bij haar vermoorde directeur moest voelen. Was het alleen maar haar directeur? vroeg hij zich af. In elk geval zou hij haar daar toch niet zo hebben laten staan.
Mathilde antwoordde op de vraag van De Cock.
'Hij belde mij vanmiddag om een uur of twee, of ik vanavond wilde komen. De heer Verbruggen verschijnt zelf nog maar zelden op kantoor. De feitelijke leiding ligt in handen van de heren Van Maathuizen en De Klerk.'
De Cock wees opnieuw naar het slachtoffer. Mathilde keek mee, ze slikte en sloot even haar ogen.
'De heer Verbruggen was in ieder geval om twee uur vanmiddag nog in leven?'
'Absoluut. Zijn stem was glashelder.' Maar Mathildes stem klonk niet zo vast.
'U weet niet op welk tijdstip de heer Verbruggen de buitendeur voor u op een kier zet?'
Mathilde schudde haar hoofd.
'Dat heeft hij mij nooit verteld.'
'Wie wist dat u vanavond naar de woning van de heer Verbruggen zou gaan?'
Mathilde maakte een hulpeloos gebaar.
'Ik weet het niet zo precies meer, maar ik meen dat ik het de heer Van Maathuizen heb verteld. Hij is altijd bijzonder geïnteresseerd in de bezoeken die ik bij de heer Charles Verbruggen afleg.'
Het viel Vledder op dat Mathilde al net zo formeel begon te spreken als zijn oude leermeester.
'Hoezo?' vroeg De Cock.
Mathilde friemelde wat nerveus aan de kraag van haar regenjas.
'In de regel vraagt hij mij de volgende dag hoe het bezoek verliep en wat ik met de directeur heb besproken.'
'De heer De Klerk is niet zo geïnteresseerd?'

'De heer De Klerk is niet zo'n streber. Hij vat zijn taak wat luchtiger op,' zei Mathilde.
'Vindt men het bij u op kantoor niet een tikkeltje vreemd dat u regelmatig buiten kantoortijd bij de directeur thuis wordt ontboden?'
Mathilde rechtte haar rug en trok een strak gezicht.
'Het is bij ons op kantoor,' sprak ze fel, 'helemaal geen geheim dat ik na kantoortijd nog wel eens door de directeur thuis word ontboden. Niemand vindt dat vreemd. Het is al jaren zo.'
De Cock gebaarde weer om zich heen.
'De heer Verbruggen ontvangt u hier altijd in dit vertrek?'
Mathilde knikte.
'Ik kén alleen dit vertrek.'
'Draait u zich eens om en kijk eens goed rond. Valt u iets op? Is er iets wat misschien anders is dan anders?'
Mathilde deed wat De Cock van haar verlangde. Vledder keek ook nog eens door de kamer.
'De heer Verbruggen is dood,' zei ze.
'Dat was bij uw vorige bezoeken niet zo?' vroeg De Cock. Een flauwe, overbodige vraag, vond Vledder.
Mathilde schudde haar hoofd en keek een tijdje naar de tafel.
'Ik mis de wijn,' zei ze aarzelend.
'De wijn?'
Mathilde knikte.
'Als ik 's avonds kwam,' sprak ze verklarend, 'stond er daar naast zijn fauteuil op die ronde glazen tafel altijd een fles wijn met twee glazen. De heer Verbruggen en ik dronken tijdens mijn bezoek samen altijd een glas lichtgekoelde witte wijn.'
Aha, dacht Vledder en hij bekeek de mooie vrouw nog eens goed.
De Cock zag het en glimlachte.
'De heer Verbruggen is vanavond aan de wijn niet toegekomen.'
Hij kan het spotten niet laten, vond Vledder.
De oude rechercheur nam een kleine pauze.
'Behandelt u de website van het modehuis?'
Mathilde schudde haar hoofd.

'Ik heb met de website niets van doen.'
'Bij wie is die dan in beheer?'
Mathilde zuchtte.
'De opzet was van Charles Verbruggen. Hij verzorgde ook de teksten, dat was het meeste wat hij eigenlijk nog voor de zaak deed. Een enkele keer is er wel eens een bijdrage van de heer Van Maathuizen. Maar in de regel zijn de teksten van de heer Verbruggen...'
Ze stokte... sloeg haar hand voor haar mond alsof haar ineens iets te binnen schoot. Daarna wees ze in de richting van het slachtoffer.
'Dat moet hij gedaan hebben,' sprak ze zacht.
'Wie?'
'Gerbrandsen, van het modehuis Gerbrandsen.'
De Cock veinsde een verrassing waar te nemen.
'Wat brengt u op dat idee?'
Mathilde kruiste haar armen voor de borst en huiverde.
'De heer Verbruggen placht op zijn website altijd vernederende opmerkingen te maken over het modehuis Gerbrandsen.'
'Met als gevolg?'
Mathilde stak haar handen naar voren.
'Gerbrandsen was daardoor duidelijk geraakt, hij voelde zich gekwetst. Hij heeft een paar maal openlijk gedreigd de heer Verbruggen te vermoorden als hij niet ophield met kleinerende teksten over modehuis Gerbrandsen op zijn website te openbaren.'
'En?'
'De heer Verbruggen lachte om de steeds terugkerende woedeuitbarstingen van de heer Gerbrandsen. Hij vond zijn herhaalde bedreigingen met moord wel spannend en amusant.'
De Cock snoof.
'Hij ging dus gewoon door?'
Mathilde de Graaf knikte.
'Charles Verbruggen had er lol in om Gerbrandsen en zijn modehuis te bespotten. Zijn teksten waren echt neerbuigend en beledigend, dat moet ik toegeven.'
De Cock keek haar strak aan.

'U denkt dat heer Gerbrandsen verantwoordelijk is voor de dood van Charles Verbruggen... dat hij hem uit woede heeft vermoord?'
Mathilde trok haar schouders op.
'Hij had duidelijk een motief. In mijn ogen een terecht motief. Het was vaak schofterig wat Charles over Gerbrandsen schreef. Ik heb mij daar toch vaak aan geërgerd.'
'Hebt u wel eens contact gehad met de heer Gerbrandsen?'
'Geen persoonlijk contact,' antwoordde Mathilde. 'Ik heb hem wel eens aan de telefoon gehad. Zakelijk. Hij leek mij een aardige man, heel vriendelijk en correct.'
Vledder liep verveeld over het krakende parket. Het was genoeg zo, vond hij. Waarom moest het gesprek in de kamer bij de dode zo lang duren.
De Cock begreep de hint.
'We hebben al lang genoeg beslag op uw tijd gelegd,' zei hij tegen Mathilde. 'Wij zijn u daarvoor zeer erkentelijk. Wanneer we u nodig hebben, nemen we contact met u op. Hoe bent u vanavond hier naar de Keizersgracht gekomen?'
'Met de tram.'
De Cock gebaarde naar Vledder.
'Breng jij mevrouw De Graaf...'
Ze onderbrak hem.
'Och, zegt u toch liever Mathilde.'
'Breng jij mejuffrouw De Graaf, eh... Mathilde,' verbeterde hij, 'met de auto naar huis. Ik wacht hier op de meute.'
Vledder knikte met een charmante glimlach en zocht in een zijzak van zijn jack naar de autosleutels.
Mathilde de Graaf stak de wijsvinger van haar rechterhand omhoog. Ze wees naar het slachtoffer.
'Mag ik hem nog even van dichtbij zien?'
'Waarom?' vroeg De Cock.
'Een afscheid.'
'Ik moet u wel waarschuwen...' aarzelde de Cock, 'de heer Verbruggen ziet er niet prettig uit van dichtbij. De dood manifesteert zich soms wat gruwelijk. Zijn ogen zijn wijd opengesperd en zijn gezicht is door de strangulatie iets gezwollen.' Met deze

uitleg hoopte De Cock dat ze ervan af zou zien en hem de pijnlijke aanblik van een geschokte Mathilde bespaard zou blijven.
'Strangulatie?' vroeg ze.
De Cock knikte.
'Hij is gewurgd met een koord. Ik zou u willen adviseren dat u de heer Verbruggen in gedachten houdt zoals u hem bij leven hebt gekend.'
Mathilde schudde haar hoofd.
'Ik wil hem toch even goed bekijken,' sprak ze fluisterend, bijna dwingend.
De Cock maakte een hulpeloos gebaar.
'Zoals u wilt.'
Mathilde de Graaf liep voor De Cock uit naar de grote stoel waarin het slachtoffer zat. Ze bleef met een strak gezicht voor hem staan, haar kleine handen tot vuisten gebald. Even bukte ze zich naar het recept en kwam toen weer overeind.
Plotseling, voordat De Cock het kon verhinderen, mepte ze met haar vlakke hand vol en krachtig op het pafferige gezwollen gelaat van de dode man. Daarna liep ze van hem weg naar de deur. Haar hoge hakjes klikten op de houten vloer.
De Cock staarde haar geschokt en verbijsterd na.
Vledder glipte achter haar aan naar buiten.

3

Na het telefoontje met de centrale post aan het hoofdbureau borg De Cock zijn mobieltje in de binnenzak van zijn colbert. Hoe lang het duurde voordat de meute na een oproep verscheen, viel nooit precies te voorspellen. Soms waren de mensen die het moordonderzoek deden, er binnen enkele minuten. Vaak duurde het langer.

De Cock liet zich in afwachting van hun komst in de leren fauteuil tegenover het slachtoffer zakken. Zijn blik bleef lang rusten op het vreemde receptenbriefje op de revers. Daarna gleed zijn blik omhoog. Het pafferige bleke gezicht van het slachtoffer wekte weerzin bij hem op. Hij bedacht dat hij een man met zo'n onsympathiek uiterlijk nooit tot zijn vriendenkring zou toelaten.

De oude rechercheur had in zijn lange loopbaan genoeg ervaring opgedaan, om zich ervan bewust te zijn dat hij zich niet door dergelijke gevoelens mocht laten leiden. De heer Verbruggen kon bij leven best een innemende vent zijn geweest.

Ineens grijnsde hij breed. In de kletsende mep waarmee Mathilde de Graaf het dode gelaat van het slachtoffer had getroffen, had hij zoveel haat en zoveel venijn opgemerkt, dat hij besloot toch maar wel op zijn eigen waarnemingen en gevoelens te vertrouwen. Charles Verbruggen was, zo besloot De Cock na koele overweging, net zo weerzinwekkend als zijn pafferige gezicht uitstraalde.

Toen Bram van Wielingen met dreunende tred het vertrek binnenstapte, worstelde De Cock zich uit zijn fauteuil overeind.

De fotograaf grinnikte erom en legde zijn aluminium koffertje op de zitting van een van de stoelen. Hij keek op zijn horloge.

'Tien uur,' galmde hij vrolijk, 'een redelijke tijd, moet ik zeggen. De Cock, ik heb de indruk dat je eindelijk je leven gaat beteren. De vele keren dat je mij midden in de nacht uit mijn bed hebt gehaald, zijn je hierbij vergeven.'

'Bedankt, Bram,' sprak De Cock gemaakt. 'Ik weet hoe innig jij aan je nachtrust bent gehecht.'
De fotograaf opende kalm zijn fotokoffertje en nam daaruit zijn trouwe Hasselblad en monteerde een flitslicht.
'Weet je al wie het slachtoffer is?' vroeg hij zonder op te kijken.
De Cock knikte.
'De bewoner van dit pand. Volgens het naambord aan de gevel is dat W.T.G. Verbruggen. Maar zijn lieftallige secretaresse noemt hem Charles.'
Bram van Wielingen liep met zijn toestel naar het slachtoffer en bleef even verrast staan.
'Wat is dat voor een briefje op zijn revers? Zijn visitekaartje? Of dat van de moordenaar soms?' Zijn stem schoot uit van verbazing.
De Cock maakte een hulpeloos gebaar.
'Een receptenblaadje van dokter Jan van Aken uit Purmerend, met daarop, zo nemen wij aan, de tekst van de dader. Een ronduit alarmerende tekst, beginnende met de Latijnse kreet: *pede poena claudo*.'
De fotograaf trok zijn neus iets op. 'Pede poena... Heb jij enig idee wat dat betekent?'
De Cock knikte traag en herhaalde het betoog dat hij tegen Vledder had gebruikt.
'Ik heb mij vroeger uit nieuwsgierigheid wel eens in Latijnse spreuken verdiept. Ik geef toe... een vrij onnozele hobby. *Pede poena claudo* betekent letterlijk: straf met kreupele stappen... wat zo ongeveer wil zeggen... een straf die laat, te laat, op de misdaad volgt.'
'Vreemd.'
De Cock zuchtte.
'Ik heb zo'n begeleidend schrijven bij een moord niet eerder meegemaakt.'
'Ik ook niet. De mensen worden steeds gekker. En dat heeft met ouderdom niets te maken.'
De Cock negeerde de opmerking van de fotograaf en wees.
'Ik wil dat je het receptenblaadje een paar maal zo professioneel fotografeert, dat de tekst duidelijk leesbaar blijft.'

Van Wielingen knikte met een grijns.
'Doe ik voor jou.' Hij bukte zich en bekeek het papiertje eens goed. 'Dokter Jan van Aken uit Purmerend,' las hij. 'Heeft hij het gedaan?'
De Cock ging er niet op in.
'Ik zal het nodig hebben voor een uitgebreid onderzoek door een grafoloog. Ik hoop dat die in staat zal zijn om uit het handschrift karaktereigenschappen van de dader of daderes op te maken.'
Van Wielingen glimlachte.
'En als het je lukt om de dader te identificeren, kan je als bewijsmiddel nog een vergelijkend handschriftonderzoek laten doen.'
De Cock wees opnieuw naar het papiertje.
'Dat originele receptenbriefje moet je straks maar meenemen naar het lab op het hoofdbureau. Misschien is de dader of daderes onzorgvuldig geweest en zijn er vingerafdrukken zichtbaar te maken.'
Bram van Wielingen wees naar zijn aluminium koffertje.
'In heb wel een paar pincetten bij mij. Ik kan het blaadje verwijderen zonder er zelf vingerafdrukken op achter te laten. Dan fotografeer ik het direct en berg het weg voordat dokter Den Koninghe er straks bij de lijkschouw met zijn handen bovenop gaat leunen en alles verpest.'
De opmerking ergerde De Cock. Hij mocht de oude lijkschouwer graag.
Van Wielingen maakte een reeks opnamen. Na enige tijd keek hij peinzend op.
'Heb jij je al afgevraagd waarom de dader voor zijn mededelingen juist een receptenbriefje heeft gebruikt? Ik neem tenminste aan dat die dokter er niets mee te maken heeft.'
De Cock knikte traag.
'Ik heb het mij afgevraagd, maar ben nog niet tot een zinnig antwoord gekomen.'
'Misschien had de dader geen ander briefje dan dat recept bij de hand.'
De Cock schudde zijn hoofd.
'Fijn dat je meedenkt, Van Wielingen, maar dat lijkt mij niet aannemelijk.'

Van Wielingen grijnsde.
'Een recept voor moord... wie verzint zoiets?'
De Cock trok zijn schouders op.
'Men kan de vreemde tekst op het blaadje moeilijk als zodanig karakteriseren. Het is geen echt recept. Toch heb ik het gevoel dat de dader met opzet van een receptenbriefje gebruik heeft gemaakt.'
'Waarom?'
De Cock grinnikte. 'Geen idee. Maar ik beloof je dat ik het aan de dader zal vragen als ik hem of haar heb ontmaskerd.'
'Ik ben benieuwd wanneer dat is.' Bram van Wielingen lachte.
De Cock keek gespannen toe hoe de fotograaf met een pincet heel voorzichtig de veiligheidsspeld uit de revers van het slachtoffer verwijderde en het kleine blaadje met liefdevolle aandacht wegnam en in zijn aluminium koffertje borg.
Na enig gedruis achter zich draaide De Cock zich om. In de deuropening ontwaarde hij dokter Den Koninghe. Achter hem torenden twee onaandoenlijke broeders van de Geneeskundige Dienst met een brancard. Het beeld trof hem, het leek een surrealistisch schilderij, zoals de excentrieke lijkschouwer daar stond in de monumentale omlijsting van de deur, met op de achtergrond de broeders in de marmeren gang.
De Cock liep op Den Koninghe toe, lachte blij en drukte de oude dokter hartelijk de hand. De Cock had een zwak voor deze man met zijn ouderwetse grijze slobkousen onder een deftige streepjesbroek, zijn stemmig zwarte jacquet en zijn verfomfaaide groen uitgeslagen garibaldihoed. Hij kon hem toch meer waarderen dan die nonchalant geklede jonge artsen.
'Hoe maakt u het?' vroeg hij opgewekt.
Door zijn ronde brilletje met metalen monteur keek de dokter naar de grijze speurder op.
'Best,' antwoordde hij met krakende stem. 'Heel best.' Hij schonk de oude rechercheur een matte glimlach. 'Wat toch verwonderlijk is als je bedenkt dat de gruwelijke dood voortdurend om mij heen waart.'
De Cock vroeg zich af of hij daarbij ook zichzelf betrok en dacht aan zijn eigen leeftijd.

'Dat... zo schat ik... is het droevige lot van een beproefd lijkschouwer,' zei hij half lachend.
De dokter knikte.
'Het wordt mij toch soms te veel,' sprak hij vermoeid. 'Dit is vandaag al mijn vijfde schouw. Er zijn van die avonden dat...'
Hij maakte zijn zin niet af. Met slepende tred liep hij naar de dode man in de fauteuil, bezag de wijd opengesperde ogen en drukte die met duim en wijsvinger toe. Daarna bekeek hij de insnoeringen van het wurgtouw in de hals van het slachtoffer. Vervolgens gleden zijn tastende vingers langs de wangen van de dode en lieten die even rusten bij zijn vlezige kin. Na een korte pauze keek hij omhoog naar De Cock.
'Hij is dood.'
De oude rechercheur knikte traag.
'Dat vermoeden had ik al.'
Het klonk spottend, maar dit was het spel, zo overwoog de Cock. Zo ging het altijd en dat zou zo blijven tot zij beiden met pensioen gingen. Hoe de volgende generatie rechercheurs werkte, was hun zaak.
De lijkschouwer kwam uit zijn gebogen houding overeind.
Met trage bewegingen nam hij zijn bril af, pakte de pochet uit het borstzakje van zijn jacquet en poetste de glazen. De Cock keek toe. Ook dit ritueel hoorde erbij.
'De lichaamstemperatuur van het slachtoffer is nauwelijks gezakt,' sprak Den Koninghe verklarend. 'Er is ook nog geen spoor van lijkstijfheid. Ik schat dat de dood nog niet zo lang geleden is ingetreden... één, hooguit twee uur.'
De Cock reageerde verrast.
'Zo kort?'
Dokter Den Koninghe knikte. Hij zette zijn bril weer op en borg zorgvuldig zijn pochet weg. Hij wees naar de hals van het slachtoffer.
'Een bijna professioneel wurgkoord met de daarbij behorende stokjes. Ik denk een product van een inspannend uurtje huisvlijt. Het zou mij niets verwonderen als de dader in militaire dienst is geweest.'
De Cock fronste zijn wenkbrauwen.

‘Gebruiken ze in het leger wurgkoorden?’ Zelf had hij nooit in het leger gezeten. Hij was als jonge man meteen bij de Amsterdamse politie in dienst gekomen.
‘Bij sommige eenheden gebruiken ze die,’ antwoordde de lijkschouwer, waarna hij nog een blik op de dode wierp. Toen trok hij vanonder zijn jacquet, uit een zakje van zijn parelgrijze vest, een knol van een horloge aan een zware zilveren ketting tevoorschijn en keek erop. ‘Ik vraag mij af,’ verzuchtte hij, ‘hoeveel ik er vannacht nog te schouwen krijg. Mijn dienst loopt pas morgenochtend om acht uur af.’
De Cock reageerde glimlachend. ‘Wanneer gaat u met pensioen?’
‘Over een paar jaar... als eh... als onze regering geen grappen met mij uithaalt.’
‘Zoals?’
‘Dat ze mij tot mijn zeventigste verjaardag nog lijken laten bekijken.’
De Cock keek hem met een deernisvolle blik aan, maar tegelijkertijd dacht hij aan zijn eigen positie en stelde hardop de vraag die hem zelf ook kwelde:
‘En dat is geen blij vooruitzicht?’
‘Nee.’
Dokter Den Koninghe draaide zich wat abrupt om en verliet wuivend het vertrek.
De Cock mompelde een afscheid en wenkte de broeders van de Geneeskundige Dienst naderbij. Hij wees naar het lijk in de fauteuil.
‘Hij mag weg,’ snauwde hij.
De oudste broeder keek verstoord op.
‘Naar Westgaarde?’
‘Ja.’
‘Dat wurgkoord blijft zitten?’
De Cock grijnsde.
‘Dat is morgen tijdens de sectie een klus voor dokter Rusteloos. Hij moet voor zijn rapport toch de diepte van de insnoeringen bepalen.’
De broeders legden hun brancard zwijgend op de vloer naast de fauteuil, tilden het lijk uit de zitting en strekten hem uit op

de brancard. Alles kalm, rustig en heel professioneel. Ze drapeerden een hagelwit laken om de dode man heen en sloegen de canvasflappen dicht. Daarna sjorden ze hem met riemen vast. Zacht wiegend droegen ze hem het vertrek uit.
De Cock keek hen na, zoals hij dat misschien wel honderd keer in zijn loopbaan had gedaan. Peinzend over leven en dood.
Bram van Wielingen had in stilte toegekeken, nu stapte hij op De Cock af. Hij voelde dat hij de oude rechercheur stoorde. Niet te luid vroeg hij: 'Heb je verder nog bijzondere wensen?'
De oude rechercheur schrok op uit zijn gedachten.
'Eh... een foto van dit pand met de buitendeur ongeveer een decimeter op een kier... leuk om mijn proces-verbaal wat te illustreren.'
'Zinvol... zo'n foto?'
De Cock knikte.
'Zo vonden wij de deur hier, open... op een kier.'
De fotograaf liep vrolijk lachend bij hem weg. Even later kwam Vledder met grote stappen binnen. De Cock keek spottend naar hem op.
'Wat is er met jou gebeurd?' vroeg hij grinnikend, blij dat er zo'n levendige figuur binnenkwam. Bovendien zag Vledder er niet uit.
'Wat bedoel je?'
De Cock keek hem met een olijke grijns aan.
'Afdrukken van lippenstift op je wangen, op je neus, je voorhoofd en op een paar plekken op je overhemd.'
Vledder wreef met zijn handen over zijn wangen in een poging de door De Cock beschreven vlekken weg te vegen.
'Dat heeft zij gedaan,' gromde hij.
'Mathilde de Graaf?'
Vledder knikte. 'Ik kon mij absoluut niet verweren. Stel je voor, ik zat achter het stuur, midden in het verkeer. Toen begon ze me te zoenen waar ze me maar kon raken en ze begon me ook te betasten, overal. Ze frommelde zelfs aan mijn gulp. Ik kreeg het benauwd en probeerde haar af te weren. Ik vroeg wat haar mankeerde, maar ze hield niet op. Ik was blij dat ik haar op haar huisadres eindelijk uit de wagen kon zetten.'

'En toen?'
Vledder maakte een wegwerpgebaar.
'Buiten de wagen begon ze plotseling tegen mij te schelden: schoft, viezerik! Ze schreeuwde het uit. Het was eigenlijk geen gezicht, die blonde vrouw in haar lieveheersbeestjesjas die daar zo tekeerging. Maar ik maakte me zo snel mogelijk uit de voeten. Je mag wel zeggen dat ik zonder afscheid in paniek van haar ben weggereden.'
De Cock glimlachte even bij het idee dat Vledder ook aan dat kleine halfbolle rode kevertje had gedacht, toen kwam hij weer tot de orde:
'Heeft iemand haar gehoord?'
'Dat weet ik niet,' zei Vledder schouderophalend.
'Heeft iemand jou daar ter plekke gezien... met al die lippenstift op je gezicht en je haar in de war?'
Vledder schudde zijn hoofd.
'In het donker? De Vierwindenstraat is maar een stil, smal straatje. Daar was, zover ik dat kon waarnemen, ook niemand op straat.'
De Cock wees naar een van de leren fauteuils.
'Ga eens zitten.'
Het klonk als een gebod.
De oude rechercheur nam tegenover hem plaats.
'Even voor alle duidelijkheid,' sprak hij ernstig. 'Heb jij initiatieven ontplooid?'
'Wat voor insinuaties zijn dat, De Cock!' Vledder was woedend. 'Hoe bedoel je?'
De Cock zuchtte.
'Bedaar nou. Mathilde de Graaf is een knappe jonge vrouw. Aantrekkelijk. Dat vond jij ook. Ik heb ogen in mijn kop. Ik zou mij kunnen voorstellen...'
Vledder interrumpeerde. 'Je bedoelt in vredesnaam toch niet dat ik haar gedrag heb uitgelokt?'
De Cock knikte met een ernstig gezicht.
'Dat bedoel ik.'
'Jij bent gek! Ik heb Adelheid, mijn vriendin, en meer vrouwen in mijn leven verlang ik niet.'

De Cock gleed met zijn vlakke hand over zijn kalende grijze hoofd.
'Sorry. Het is ook een beetje mijn schuld,' verzuchtte hij. 'Ik had Mathilde de Graaf beter achter in een surveillancewagen met twee dienders naar huis kunnen laten brengen. Ik heb dat tengere vrouwtje verkeerd ingeschat. Ik had overwogen dat jij tijdens de rit misschien nog even met haar kon babbelen over de helse mep die ze die dode Verbruggen toebracht.'
Vledder knikte, nog niet helemaal tot kalmte gekomen.
'Dat heb ik ook gedaan.'
'En?'
'Ze zei, in alle ernst, dat die klap niet zozeer bedoeld was, niet gericht was op haar directeur als persoon... als mens, maar een reactie was op haar confrontatie met de dood.'
De Cock schudde zijn hoofd. 'Dat begrijp ik niet. Jij wel?'
Vledder zuchtte diep. 'De dood als afschuwelijk fenomeen was het feitelijke doelwit van haar klap.'
De Cock snoof verachtelijk. 'Onzin. Vledder, dat geloof je zelf niet. Ik heb de haat in haar ogen gezien.'
Vledder knikte. 'Ik heb haar ook gezegd dat ik haar motivatie niet geloofde en dat alleen iemand met een verwarde geest meent de dood met een klap te kunnen straffen voor zijn gruwelijke verschijning.'
'Keurig gedaan, Dick.'
Vledder begreep dat De Cock hiermee zijn aantijging had teruggenomen.
'Ik heb haar ook gezegd dat ik niet geloofde dat zij geplaagd werd door een verwarde geest en dat wij, als rechercheurs, de mep op het gelaat van het slachtoffer zouden opvatten als een uiting van haat jegens de heer Charles Verbruggen... en dat wij van haar wilden weten waarop die haat was gebaseerd.'
De Cock keek hem bewonderend aan. 'Ik heb nooit geweten,' sprak hij waarderend, 'dat jij zo goed kon formuleren.'
Vledder glimlachte onder de lof. 'Je moet begrijpen dat ik het zo goed mogelijk wilde doen. Het gebeurt niet zo vaak dat je mij toestaat dat ik in mijn eentje een verhoor kan afnemen.'
Het lichte verwijt ontging De Cock niet. Hij zweeg even.

'Wanneer kwam haar aanval?'
'Kort daarna.'
'Zonder inleiding?'
Vledder trok zijn schouders op.
'Plotseling. Totaal onverwachts. Ik reed op het Damrak. Het was er razend druk. Ik had al mijn aandacht nodig bij het verkeer. Ik heb een paar maal tegen haar geroepen dat ze moest ophouden met haar malligheid.'
'En.'
Vledder schudde zijn hoofd. 'Ze ging gewoon door.'
De Cock monsterde de uitdrukking op zijn gelaat. 'Heeft ze nog bekoorlijkheden voor je uitgestald?'
Vledder schoot in de lach. 'Bekoorlijkheden... De Cock, laat me maar even lachen, bekoorlijkheden!'
De Cock reageerde wat kribbig. 'Heeft ze haar borsten getoond... haar rok opgetrokken, broek laten zakken... haar slipje laten zien?'
Vledder schudde nog steeds lachend zijn hoofd.
'Daar... eh, ha ha ha... daar heb ik niet zo op gelet,' antwoordde hij. 'Ik moest de wagen veilig door het verkeer loodsen en met zo'n furie naast je valt dat niet mee.'
De Cock hees zich uit zijn fauteuil.
'Kom, we gaan naar mijn huis. Daar ga je onder de douche en was je al die rode smurrie van je gezicht en trekt van mij een schoon overhemd aan.'
'Waarom?' reageerde Vledder verongelijkt, maar in zijn hart begreep hij de goede bedoeling van De Cock.
'Zodat je vriendin Adelheid vannacht niet van je schrikt en... uit voorzorg.'
'Voorzorg?'
De Cock knikte.
'Het zou mij niets verbazen als op dit moment Mathilde de Graaf op het hoofdbureau bij de zedenpolitie aangifte tegen jou doet ter zake verkrachting c.q. poging daartoe.'

4

Het was al diep in de nacht toen ze vanaf het huis van De Cock terugreden naar de Kit. Vledder had een schoon gezicht zonder rode vlekken en zijn blonde haar was keurig gekamd. Maar de gelaatsexpressie van de jonge rechercheur toonde een somber beeld. Hij blikte wat schichtig opzij.
'Die... eh, die Mathilde de Graaf,' vroeg hij onzeker, 'kan toch niet zomaar, zonder enige grond, aangifte tegen mij doen ter zake verkrachting?'
De Cock maakte een hulpeloos gebaar.
'De praktijk wijst uit,' verzuchtte hij, 'dat inzake zedendelicten vaak valse aangiften worden gedaan. In ken uit de praktijk een paar schrijnende gevallen. Ik verzeker je... er zijn door valse aangiften levens van vele onschuldige lieden verwoest.' Hij zei het bepaald niet om Vledder angst in te boezemen.
Vledder liet even het stuur van de Golf los.
'Maar, De Cock,' vroeg hij met herkenbare wanhoop in zijn stem, 'wat wil die Mathilde de Graaf met zo'n valse aangifte bereiken... wat wil ze? Mij vernietigen? Waarom? Ik begrijp dat niet. Er bestaat toch geen enkele reden voor die vrouw om enige rancune of wrok jegens mij te koesteren?'
De Cock trok zijn schouders op.
'Ik kan niet weten wat haar bezielt. Ik zou kunnen denken,' sprak hij bedachtzaam, 'dat ze door die mep op het dode gelaat van haar directeur te veel van zichzelf heeft prijsgegeven.'
'Hoe bedoel je?'
De Cock gebaarde. 'Ik ben bang dat ze bij jou in de auto plotseling tot het besef is gekomen dat ze zich heeft vergaloppeerd.'
Vledder keek hem schuins aan. 'Dus jij... eh, jij beschouwt die klap,' vroeg hij aarzelend, 'als een soort bekentenis?'
'Een openbaring.' De Cock klonk serieus. 'Ik heb een vaag vermoeden dat zij haar directeur die klap het liefst al tijdens zijn leven had willen toedienen.'

Vledder vulde aan: 'Maar toen niet in een situatie verkeerde om dat ongestraft te kunnen doen.'
'Precies.'
Vledder tikte een paar keer op zijn borst.
'Maar wat heb ik als rechercheur daarmee te maken? Waarom ging ze mij te lijf? Ik ben toch geen partij.'
De Cock zuchtte.
'Jij zult, dacht ik, haar gedrag moeten zien als een reactie op jouw vraagstelling. Misschien was jij in haar beleving even de directeur bij wie ze haar gram wilde halen.'
'Onzin.' Wat hing hem boven het hoofd? vroeg Vledder zich af.
De Cock glimlachte om de reactie van zijn jonge collega.
'Misschien zit ik er wel volkomen naast,' reageerde hij met een droeve grijns. 'Ik heb mijn hele leven al moeite gehad om de reacties van vrouwen op hun waarde te schatten. Ondanks mijn lange loopbaan in de misdaad, blijven vrouwen voor mij mysterieuze wezens.'
Vledder schudde zijn hoofd.
'Maar dat ze zo onberekenbaar waren,' verzuchtte hij, 'heb ik nooit beseft.' En na een korte stilte: 'Mijn Adelheid is zo anders...'
'Ja ja,' grinnikte De Cock.
In een gezapig tempo reden ze een tijdje zwijgend voort. Het begon zachtjes te regenen en in de binnenstad spiegelden de felle lichtreclames wat vertekend in het natte asfalt. Door het vergevorderde uur waren de straten zo goed als verlaten. Maar een bruisende stad als Amsterdam slaapt nooit. Het was Vledder die uiteindelijk het zwijgen verbrak.
'En wat doe ik als Mathilde de Graaf, zoals jij verwacht, bij de zedenpolitie werkelijk aangifte tegen mij doet?'
De Cock gebaarde voor zich uit.
'Een ijzersterke verdediging opbouwen.'
'Hoe?' vroeg Vledder een beetje wanhopig.
'Haar verhaal moet ongeloofwaardig klinken.'
Vledder reageerde geëmotioneerd.
'Haar verhaal is ongeloofwaardig,' brieste hij. 'Ik heb haar met geen vinger aangeraakt. Die malle griet dook plotseling boven op mij. Er was op de rijbaan van het Damrak op dat moment ge-

lukkig weinig verkeer, anders waren er beslist ongelukken gebeurd. De wagen zwiepte naar de linkerweghelft. Ik kon hem, met haar op mijn nek, nauwelijks in toom houden.'
De Cock schudde zijn hoofd.
'Die episode halen we eruit,' zei hij beslist.
'Hoe bedoel je?' vroeg Vledder hoopvol.
De Cock schudde opnieuw zijn hoofd.
'Er is tijdens die bewuste rit in onze oude Golf níéts gebeurd... ze heeft jou níét aangevallen... ze heeft jou níét gekust en ze heeft met haar hand níét de omgeving van jouw edele delen beroerd.'
'De Cock,' reageerde Vledder fel, 'zo erg was het nou ook weer niet, maar ze heeft me wel aangeraakt.'
De Cock zuchtte.
'Die episode,' herhaalde hij met nadruk, 'halen we eruit. Geloof me, als jij toegeeft dat er in de wagen een soort worsteling heeft plaatsgevonden, dan zal dat tegen jou worden uitgelegd. Begrijp me goed, een arme onbeschermde jonge vrouw valt geen sterke stevig gebouwde rechercheur aan, zeker niet met erotische motieven. Dat gelooft niemand. Men zal jouw verhaal ongeloofwaardig vinden.'
'Maar het is de waarheid.'
De Cock trok zijn mond strak.
'Die waarheid getuigt tegen jou.'
'Kan dat?'
'Daarom hebben wij zo'n rotberoep,' zei De Cock met verachting in zijn stem.. 'We moeten zelfs de waarheid met de nodige argwaan bezien.'
De oude rechercheur zweeg even.
'Straks,' ging hij verder, 'maken we de rit opnieuw... vanaf het pand van directeur Verbruggen aan de Keizersgracht naar de smalle Vierwindenstraat en terug. We noteren de tijd, die daarvoor nodig is.'
'En dan?'
'Ik weet hoe laat jij met Mathilde de Graaf vanaf de Keizersgracht bent vertrokken en wanneer jij kort na het vertrek van fotograaf Van Wielingen ongeschonden – zonder verwarde haren

of lippenstift op je gezicht en kleding – aan de Keizersgracht terug was. We zullen aantonen dat jij in die korte tijdsspanne onmogelijk de gelegenheid kunt hebben gehad om Mathilde de Graaf iets aan te doen, en zeker geen verkrachting of een poging daartoe... acties waartegen zij zich, zoals zij ongetwijfeld zal verklaren, krachtig heeft verzet.'
'Lukt dat?'
De Cock voelde dat hij Vledder wat vertrouwen in de zaak gaf, en hij sprak kalm verder.
'Jij herinnert je alleen dat Mathilde de Graaf nog iets heeft geschreeuwd toen zij de wagen al had verlaten. Wat ze op straat precies heeft geroepen, heb je niet kunnen waarnemen. Je had de motor al in de eerste versnelling geschakeld om weg te rijden.'
De oude rechercheur blikte opzij.
'Dick,' vroeg hij, 'kun je dat aan?'
'Ik denk het.' Het klonk wat benepen.
De Cock stak gebarend zijn wijsvinger omhoog.
'En wees voorzichtig. Vertel ook niets aan je vriendin Adelheid.'
Vledder keek verwonderd.
'Waarom niet? Ik heb voor haar geen geheimen. Wij vertrouwen elkaar.'
De Cock sloot even zijn ogen.
'Denk eens even na,' riep hij licht geïrriteerd. 'Het is in het belang van jullie beiden dat jij zwijgt.'
'Waarom?'
'Om te voorkomen dat later een of andere louche advocaat Adelheid als getuige oproept om een verklaring van haar tegen jou te gebruiken.'
De oude rechercheur ging vermanend door.
'En kijk straks de wagen goed na of Mathilde de Graaf geen belastend materiaal heeft achtergelaten.'
Vledder was totaal op het verkeerde been gezet.
'Wat voor belastend materiaal?' vroeg hij onnozel.
De Cock stak zijn handen omhoog.
'Een gescheurd slipje, een strikje van een behaatje, vieze vlekken van lippenstift op het dashboard... vul verder zelf maar in.'

Vledder schudde traag zijn hoofd. Zijn jonge gezicht toonde sombere trekken. Hij keek zijn oude collega schattend aan.
'De Cock, ik heb jou,' sprak hij traag, 'in het verleden wel eens verweten dat jouw duistere ziel soms duivelse trekken vertoont.'
'En?'
'Ik neem daar geen woord van terug.'
De Cock snoof.
'Wat wil je dan,' reageerde hij scherp, 'oneervol uit de dienst geschopt worden met een veroordeling voor een verkrachting die je niet hebt gepleegd?'

Toen De Cock de volgende morgen ruim drie kwartier te laat de grote recherchekamer binnenstapte, vond hij Vledder achter zijn computer. De snelle vingers van de jonge rechercheur dartelden speels over de toetsen.
Eerst toen De Cock tegenover hem had plaatsgenomen, liet hij zijn vingers even rusten en schoof zijn toetsenbord iets opzij.
'Ik heb slecht geslapen vannacht,' openbaarde hij.
De Cock glimlachte.
'Dat begrijp ik.'
Vledder zuchtte diep.
'Ik heb op het punt gestaan om Adelheid naast mij wakker te maken om haar alles te vertellen.'
De Cock trok rimpels in zijn voorhoofd.
'En?'
'Ik heb haar laten slapen. Ik ben tot de conclusie gekomen dat ik, om narigheid te voorkomen, beter jouw aanwijzingen kan opvolgen.'
'Verstandig.'
Vledder boog zich vertrouwelijk naar hem toe.
'Ik heb vannacht heel lang nagedacht over die hele affaire,' sprak hij zacht. 'De Cock,' zei hij bezwerend, 'besef jij wel dat jij zelf ook in de problemen kunt komen?'
'Hoe?'
'Als jij tijdens een onderzoek leugenachtig gaat verklaren dat ik bij mijn terugkomst van die rit naar de Vierwindenstraat geen lippenstift op mijn gezicht en mijn kleren had.'

De Cock wreef met een grijns op zijn gezicht over zijn brede kin.
'Ik merk,' sprak hij gedragen, 'dat bij mij de jaren gaan tellen. Mijn gezichtsvermogen is niet meer dat van een jongeman. Het wordt tijd dat ik eens naar een opticien stap voor een passende bril.'
Lachend keek hij Vledder aan.
'Conclusie... jij had gisteravond bij terugkomst aan de Keizersgracht geen lippenstift op je gezicht en kleding. Ik heb dat niet waargenomen,' sprak hij olijk en triomfantelijk.
Er gleed een glimlach over het gezicht van Vledder.
'Je bent onverbeterlijk.'
De Cock grijnsde.
'Maak je geen zorgen, Dick. Ik laat je niet in de steek.'
'Daar ga ik vanuit.'
Toen wees Vledder naar zijn computer.
'Ik heb vanmorgen al wat inlichtingen verzameld. Het slachtoffer Verbruggen is zevenenvijftig jaar geworden. Het W.T.G. op zijn naambordje staat voor Willebrord Theodorus Gredanus. Hij had blijkbaar een hekel aan dat Willebrord en liet zich Charles noemen. Hij staat bekend als een zeer vermogend man. Het modehuis dat zijn naam draagt, regeerde hij met ijzeren hand. Zijn directe medewerkers, de heren Van Maathuizen en De Klerk, hadden vrijwel geen invloed op het beleid van de onderneming.'
'Antecedenten?'
Vledder schudde zijn hoofd.
'Wel zijn er enkele klachten van jonge modeontwerpers die hem van diefstal en fraude betichtten, maar tot een gerechtelijke vervolging is het nooit gekomen. De ingediende klachten werden na enige tijd ingetrokken.'
De Cock gniffelde.
'Afgekocht, neem ik aan.'
'Dat is jouw conclusie, De Cock.'
'Mannen kan ik aardig inschatten.' Ze moesten er allebei hartelijk om lachen.
De telefoon op het bureau van De Cock rinkelde. Vledder trok zijn gezicht in de plooi en boog zich ver naar voren om de hoorn op te nemen.

De Cock monsterde de gelaatstrekken van zijn jonge collega toen die aandachtig luisterde. Na een tijdje legde Vledder zijn linkerhand op het spreekgedeelte en stak de hoorn in een gebaar van triomf omhoog.
‘Ik heb hier de wachtcommandant. Beneden voor de balie staat de heer Rudolf Gerbrandsen.’
‘En?’
‘Hij meldt zich voor de moord op Charles Verbruggen.’

De Cock keek de man die vanaf de deur van de grote recherchekamer op hem toeliep, onderzoekend aan. Met een koffertje in zijn rechterhand kwam de bezoeker langzaam naderbij. Voor het bureau van De Cock bleef hij staan, maakte een kleine buiging en wees naar de stoel.
‘Mag ik hier gaan zitten?’ vroeg hij stijfjes.
De Cock knikte en keek toe hoe de man plaatsnam en het koffertje zorgvuldig naast zijn rechtervoet zette.
De oude rechercheur analyseerde zijn eerste impressie. De heer Rudolf Gerbrandsen, zo overwoog hij, kwam niet onsympathiek bij hem over.
De Cock schatte de man op achter in de veertig. Hij had een regelmatig gevormd gelaat met een iets geprononceerde neus en een brede, ferme kin. Zijn helblauwe ogen vormden een contrast met zijn lichtgetinte huid en donkere haren.
Het donkerblauwe, zacht gestreepte kostuum dat hij droeg was van goede snit. De diamanten speld op zijn rode stropdas was een dissonant. De glinsterende steen was naar het gevoel van de grijze speurder te groot, pompeus.
Vledder bekeek de man en zag hoe De Cock hem rustig opnam voor hij het gesprek opende. Hij vond Gerbrandsen een uitgesproken modeman. Zijn kostuum was perfect gesneden. De dasspeld wat gewaagd, maar waarom ook niet, voor iemand uit de modewereld.
‘U bent Rudolf Gerbrandsen,’ begon de oude rechercheur vriendelijk.
De man knikte.
‘Dat ben ik.’

'U bent directeur en eigenaar van het naar u genoemde modehuis aan de Singel?'
'Ja, zeker.'
De Cock bracht zijn handen naar voren.
'U meldt zich,' formuleerde hij voorzichtig, 'als de man die gisteren, vermoedelijk in de vroege avond, de heer Verbruggen van modehuis Verbruggen in zijn woning aan de Keizersgracht om het leven bracht?'
Rudolf Gerbrandsen knikte opnieuw.
'Dat is juist. Ik meld mij als zodanig.'
Vledder kon zijn oren niet geloven. Dit leek een ingestudeerde scène. Gespannen luisterde hij naar het vervolg.
De Cock boog zijn hoofd en streek over zijn kalende schedel.
'Ik ben in dit vak grijs geworden,' sprak hij met een milde glimlach. 'Maar ik heb nog nooit op zo'n eenvoudige manier een moord opgelost.'
Gerbrandsen schudde zijn hoofd.
'U hebt nog geen moord opgelost,' reageerde hij kalm.
De Cock keek hem verwonderd aan.
'U... eh, u zegt toch...'
Gerbrandsen onderbrak hem. Hij stak afwerend zijn rechterhand omhoog.
'Ik heb gezegd dat ik mij als dader van die moord meld, maar dat betekent niet dat ik de heer Verbruggen ook werkelijk heb omgebracht.'
De Cock trok zijn wenkbrauwen samen.
'Deze kreet van u,' reageerde hij scherp, 'verdient wel enige uitleg.'
Gerbrandsen ging nog rechter zitten dan hij al zat.
'Ik begrijp, rechercheur, dat ik u in verwarring heb gebracht. Het lijkt waanzinnig om zich als dader van een moord te melden, terwijl men met die moord niets van doen heeft. Of laat ik het duidelijker stellen: terwijl ik die moord niet heb begaan.'
De Cock proefde de woorden, de toon.
'U hebt,' reageerde hij scherp, 'als ik uw woorden goed heb beluisterd, de moord op de heer Verbruggen niet begaan, maar u hebt met die moord wel iets van doen?' Even keek De Cock

in de richting van Vledder, die zijn volle aandacht op de man gevestigd hield.
Gerbrandsen liet zijn hoofd iets zakken.
'Toen Mathilde, de secretaresse van de heer Verbruggen, mij vanmorgen in alle vroegte belde met de mededeling dat haar directeur was vermoord, raakte ik een moment in paniek. Ik heb namelijk al jaren aan eenieder die dat maar horen wilde, luid en duidelijk verkondigd dat ik Charles Verbruggen, die schoft van een vent, zou vermoorden.'
'En waarom dan wel, als wij zo vrij mogen zijn?' vroeg De Cock met belangstelling. Een snelle blik naar Vledder moest even de indruk geven dat ze de ondervraging samen deden. Vledder gaf De Cock een knipoog.
Gerbrandsen gebaarde heftig en viel uit zijn beheerste rol.
'Om zijn schunnige en lasterlijke taal die hij jegens mij en mijn bedrijf op zijn website op internet pleegt uit te slaan.'
'Dat zat u dwars?'
'Ja!' Gerbrandsen sloeg met zijn hand op het bureau van De Cock.
'Toen zijn secretaresse mij vanmorgen in min of meer bedekte termen van de moord op haar directeur beschuldigde, besefte ik dat het niet lang zou duren voordat mijn aankondiging van moord u zou bereiken.'
Gerbrandsen priemde zijn ogen in die van De Cock.
'Wat stond mij te wachten... een arrestatie bij mij thuis of op mijn kantoor, met alle commotie, consternatie en beroering daaromheen?'
De Cock keek weer even naar Vledder en knikte begrijpend.
'U besloot dat niet af te wachten.'
Gerbrandsen schudde zijn hoofd. Hij wees naar het koffertje aan zijn rechtervoet.
'Daarin zitten mijn pyjama, mijn tandenborstel, tandpasta en een kam. Ik neem aan dat ik tijdens mijn gevangenschap van deze attributen gebruik mag maken?'

5

Het gedrag van Rudolf Gerbrandsen amuseerde De Cock. De grijze speurder had in zijn lange loopbaan bij de recherche van bureau Warmoesstraat meerdere malen mensen ontmoet die uit zucht naar publiciteit kwamen melden dat ze een moord hadden gepleegd. In de regel gebeurde dat na een moord waaraan de media nogal veel aandacht hadden besteed. Dit soort mensen die de publiciteit zochten, gebruikten meestal de gegevens die door de media openbaar waren gemaakt.
Door ervaring wijs geworden, verstrekte De Cock sindsdien aan de media opzettelijk onjuiste gegevens, zodat hij de valse melders er gemakkelijk uit kon halen. Vledder had dit in zijn opleiding allemaal uitgebreid geleerd, maar noch hij noch De Cock had ooit een valse moordmelder met een koffertje met pyjama en toiletartikelen naar het bureau zien komen. Dat was voor hen een nieuw fenomeen.
De Cock boog zich iets naar de man toe.
'Wat verwacht u dat wij nu met u gaan doen?' vroeg hij glimlachend en hij keek van de man naar Vledder en terug. Vledder maakte een hulpeloos gebaar en de heer Gerbrandsen deed precies hetzelfde.
'Ik neem aan,' sprak de man somber, 'dat u in dit vale politiegebouw naar een vrije cel gaat zoeken om mij daarin op te sluiten.' Hij zei het alsof hij er recht op had de nacht aan de Warmoesstraat door te brengen.
De Cock keek hem quasi-verwonderd aan.
'Hier in de cel? Voor een moord die u niet hebt gepleegd?'
Gerbrandsen zuchtte.
'Ik heb mij door mijn drastische uitlatingen in het verleden toch op z'n minst verdacht gemaakt.'
Het lijkt wel of die man liever hier overnacht dan ergens anders, dacht Vledder. Wat kan daar de reden voor zijn?
De Cock tuitte zijn lippen. 'U hebt zich verdacht gemaakt? Vol-

gens het Wetboek van Strafvordering is een verdachte iemand te wiens aanzien uit feiten en omstandigheden een redelijk vermoeden van schuld voortvloeit.'
De oude rechercheur maakte een sober gebaar en schudde kort zijn hoofd.
'Ik heb altijd moeite met deze definitie.'
Tactiek van De Cock, beoordeelde Vledder dit intermezzo. Verander van onderwerp en daarna sla je toe.
'Waarom?' vroeg Gerbrandsen.
De Cock grinnikte.
'Ik struikel over dat redelijk vermoeden.'
Gerbrandsen knikte begrijpend.
'U hebt gelijk. Wat is redelijk?'
De Cock keek hem schattend aan en kneep daarbij zijn ogen tot spleetjes.
'Hebt u werkelijk wel eens in ernst overwogen om de heer Verbruggen te vermoorden?'
Gerbrandsen grijnsde.
'In het geniep. Ja, in het geniep heb ik wel eens met die gedachte gespeeld.'
'Hebt u wel eens aan mogelijkheden en middelen gedacht om zo'n daad uit te voeren?'
Gerbrandsen schudde zijn hoofd.
'Dat waren meer gedachten uit onmacht en pure woede. Wanneer ik weer zo'n vies vernederend stukje op die gore website van zijn modehuis had gelezen, was ik pisnijdig. Dan kookte ik vanbinnen.'
'En tot een moord in staat?'
'Wanneer hij op zo'n moment in mijn onmiddellijke nabijheid was geweest...' sprak Gerbrandsen snuivend.
De Cock tuitte zijn lippen en knikte begrijpend.
'Maar een concreet realiseren van die woede hebt u nooit in ernst overwogen?'
Gerbrandsen schudde zijn hoofd.
'Verder dan de kreet: ik maak die vent nog eens kapot, ben ik... zover ik mij dat kan herinneren... nooit gekomen. Ik geloof niet dat ik ooit aan amnesie of verstandsverbijstering heb geleden.'

De Cock plukte aan zijn neus. 'Ik geloof u. Wanneer ik alle mensen naar aanleiding van zo'n kreet voor moord zou moeten opsluiten, ging ik morgen met pensioen.'
Vledder grinnikte hoorbaar, waarop De Cock langzaam iets rechter op ging zitten.
Gerbrandsen nam de oude grijze rechercheur goed op en glimlachte.
'Mag ik hieruit concluderen dat u geen plannen overweegt om mij op te sluiten?' sprak hij, en het leek of er spijt in zijn stem doorklonk.
De Cock schudde zijn hoofd. 'Ik zie geen wettelijke gronden om u op te sluiten. Maar om mijzelf te vrijwaren voor eventuele kritiek van de zijde van justitie, laat ik wel vingerafdrukken van u nemen, laat ik u fotograferen en wordt van u wat wangslijm afgenomen voor een DNA-profiel. Als u tegen mijn besluit overwegende bezwaren hebt... zeg het mij.'
Gerbrandsen schudde zijn hoofd.
'Die heb ik niet.'
De Cock glimlachte opnieuw.
'Uw herinneringsvermogen is goed, meneer Gerbrandsen, en ik neem aan,' sprak hij vriendelijk, 'dat u nog vrij exact kunt vertellen wat u gisteren hebt gedaan en wie van uw gedrag en handelingen getuige zijn geweest?'
Gerbrandsen gebaarde voor zich uit.
'Zal ik het voor u opschrijven?' vroeg hij gedienstig.
De Cock schudde zijn hoofd en wees op Dick Vledder.
'Mijn collega hier, Vledder, legt uw alibi straks in een procesverbaal vast.'
Gerbrandsen wees naar het koffertje aan zijn voeten.
'Kan ik daarna gaan met mijn spulletjes?' vroeg hij kleintjes.
De Cock knikte traag.
'Voor u vertrekt wil ik toch nog even met u van gedachten wisselen. Misschien kunt u ons een stapje verder helpen. Als u de heer Verbruggen niet hebt vermoord, dan moet een ander dat hebben gedaan.'
'Dat lijkt mij een logische gevolgtrekking,' zei Gerbrandsen glimlachend.

‘Het is mijn ambtelijke plicht de dader op te sporen.’ De Cock gebaarde voor zich uit. ‘U bent vertrouwd in het wereldje van de mode en de modehuizen. Hebt u enig idee wie voor de moord op de heer Verbruggen in aanmerking zou kunnen komen?’
Gerbrandsen keek zwijgend om zich heen, of hij daar ergens naar de oplossing zocht.
‘Charles Verbruggen was geen gemakkelijke man,’ sprak hij peinzend. ‘Door zijn bruuske, lompe en vaak onbehouwen manier van optreden had hij vele vijanden in onze branche.’
‘Vijanden met een motief voor moord?’
Gerbrandsen trok een bedenkelijk gezicht.
‘Dat is moeilijk te zeggen. Charles Verbruggen was ook voor zijn eigen personeel een tiran, een bullebak. In zijn botte, vaak onbeschofte optreden tegen zijn medewerkers Van Maathuizen en De Klerk ligt naar mijn gevoelen veel sluimerende conflictstof.’
De Cock trok zijn neus iets op.
‘Sluimerende conflictstof?’
Gerbrandsen knikte met nadruk.
‘Ik begrijp niet dat die twee zijn gedrag al die jaren hebben getolereerd. Er moet bij hen op den duur toch een vorm van haat zijn ontwikkeld.’
‘U kent deze heren?’
‘In onze business kennen we elkaar allemaal van beurzen, van shows en dergelijke evenementen.’
De Cock liet het onderwerp rusten.
‘Hoe... eh, hoe was uw relatie met zijn secretaresse, Mathilde de Graaf?’
Gerbrandsen grinnikte.
‘Er was geen sprake van een relatie. Ik heb een paar maal via de telefoon met haar gesproken. Dat is alles.’
‘En daarbij heeft u uitlatingen gedaan die weergaven dat u de heer Verbruggen naar het leven stond?’
Gerbrandsen knikte gedwee.
‘Ik heb tegen haar wel eens mijn hart gelucht. Ziet u, het is mij nooit gelukt om Charles Verbruggen zelf aan de lijn te krijgen. Ik heb nooit de kans gekregen om hem zijn huid vol te schelden. Ik stuitte steeds op zijn secretaresse.’

Vledder dacht aan het avontuur met Mathilde in zijn auto de avond ervoor en voelde aan zijn wangen.
'U hebt haar nooit persoonlijk ontmoet?' vroeg De Cock.
Gerbrandsen schudde zijn hoofd.
'Niet dat ik weet. Ik ben in elk geval nooit aan haar voorgesteld. Ik heb alleen via geruchten onder leden van mijn personeel wel eens vernomen dat Mathilde de Graaf bij modehuis Verbruggen een fabelachtig salaris verdiende.'
De Cock trok een denkrimpel in zijn voorhoofd. Hij haalde het beeld van de blonde jonge vrouw in de opvallende regenjas voor zijn geest. Het idee dat die vrouw van een klein salarisje moest leven, had hij gisteren al verworpen.
'Verdiende of kreeg?'
Gerbrandsen keek hem peilend aan.
'Wat bedoelt u met die vraag?'
De Cock trok een grijns.
'Was zij voor haar werkzaamheden als secretaresse dat fabelachtige salaris waard?'
'Dat kan ik niet beoordelen,' antwoordde Gerbrandsen schouderophalend.
Dit leidde De Cock niet verder. Hij veranderde van onderwerp.
'Ik heb vernomen dat ook de heer Van Maathuizen wel eens een bijdrage leverde aan de website van Verbruggen.'
'Dat is mij bekend,' sprak Gerbrandsen afgemeten.
'Hoe weet u dat?'
'Van Maathuizen heeft mij dat zelf verteld.'
De Cock fronste zijn wenkbrauwen.
'In een openhartige bui?'
Gerbrandsen gebaarde naar de telefoon op het bureau van De Cock.
'Hij bood mij heel nederig zijn excuses aan voor de inhoud van de website van het modehuis. Hij zei dat hij zich daarvan distantieerde.'
'Netjes,' viel De Cock hem in de rede.
'Hij zei dat hij het niet eens was met de aantijgingen en het taalgebruik van de heer Verbruggen. De manier waarop hij mij bejegende bestempelde hij als onfatsoenlijk. Volgens Van

Maathuizen hadden hij en Verbruggen over dat onderwerp al een paar maal heftig gediscuteerd.'
'Hoe heftig was die woordenwisseling?'
Gerbrandsen zuchtte diep. 'Via leden van mijn personeel bereiken mij wel eens meer alarmerende berichten... berichten over slaande ruzies. Volgens mij broeit er in de top van het modehuis Verbruggen al jaren een soort paleisrevolutie.'
De Cock fronste zijn wenkbrauwen. 'Met als uiteindelijk gevolg de moord op de heer Verbruggen?'
Gerbrandsen tastte naar zijn koffertje. 'Het is aan u, rechercheur,' antwoordde hij fijntjes, 'om dat te onderzoeken.'
Vledder stond op en begeleidde Gerbrandsen naar zijn bureau voor het proces-verbaal.

Toen Rudolf Gerbrandsen met zijn koffertje de grote rechercheкamer had verlaten, richtte Vledder zich met een schuins lachje tot De Cock.
'Dat verhoor hebben we samen prettig afgewerkt, collega,' zei hij niet zonder ironie.
'Ach, Dick, het duurt niet meer zo lang, dan mag je het helemaal alleen doen.' De Cock dacht aan de tijd na zijn pensioen.
Vledder sloeg hem vriendschappelijk op de schouder. Hij begreep best waar zijn oude collega en mentor tegenop zag.
De Cock gromde en stond van zijn stoel op. Hij slofte vermoeid naar de kapstok.
Vledder kwam hem na. 'Waar ga je heen?'
De Cock keek om. 'Weet jij waar het kantoor van dat modehuis Verbruggen is gevestigd?'
Vledder knikte. 'Aan de Nieuwezijds Voorburgwal.'
De Cock schoof zijn oude hoedje over zijn grijze haren.
'Daar gaan we dan samen heen. Ik ben benieuwd hoe opgelucht de heer Van Maathuizen op de gewelddadige dood van zijn directeur reageert.'
Vledder grijnsde.
'En of die enge Mathilde de Graaf vanmorgen op kantoor is verschenen.'

Ze verlieten de Warmoesstraat en kuierden via de Oudebrugsteeg naar de Kolksteeg en van daar naar de Nieuwezijds Kolk. Daar bleef De Cock even staan. Toen hij op adem was gekomen wees hij naar de zijgevel van het Korenmetershuisje.
'Als ik hier voorbijkom, moet ik altijd aan die arme Katja Anna Solarsky denken... hoe ze hier weggezakt met haar rug tegen de muur lag... vol bloed.'
Vledder knikte met een somber gezicht. 'Ik herinner het me nog... een mooie jonge vrouw met zes kogels in haar lijf.'*
Vanaf het Korenmetershuisje liepen ze verder de Nieuwezijds Voorburgwal op.
Hoeveel voetstappen hadden ze hier samen al liggen, overdacht Vledder. De Cock had die morgen gezegd dat het niet zo lang meer zou duren voor hij alles alleen mocht doen... Dan zou hij hier alleen lopen. Vledder schudde die gedachte van zich af.
Voor het kantoorgebouw van het modehuis Verbruggen bleven ze staan.
Vledder wees lachend voor zich uit.
'De Cock, ik zie geen enkel rouwbeklag. Geen vlag halfstok... niets.'
De Cock glimlachte.
'Ik ben op Urk geboren. Wanneer daar iemand stierf, hing men lakens voor de ramen van het sterfhuis.'
Ze stapten het kantoorgebouw binnen. Achter een sierlijke tafel zat, gekleed in een opvallend lichtblauw mantelpakje, een knappe jonge vrouw. De oude rechercheur lichtte ter begroeting zijn hoedje.
'Mijn naam is De Cock, met... eh, met ceeooceekaa.' Hij gebaarde opzij. 'En dat is mijn collega Vledder. Wij zijn als rechercheurs verbonden aan het politiebureau in de Warmoesstraat.'
De jonge vrouw fronste haar wenkbrauwen.
'Recherche?' vroeg ze met afkeer in haar stem.
'Ik neem aan,' sprak De Cock gedragen, 'dat u al op de hoogte bent van het overlijden van uw directeur Verbruggen?'

* Zie: *De Cock en kogels voor een bruid*

De jonge vrouw knikte alsof dat een prettige mededeling was.
'De heer Van Maathuizen heeft ons vanmorgen over zijn dood geïnformeerd.'
'Heeft het u geschokt?'
'Zijn dood?' Haar stem schoot omhoog.
'Ja.'
Ze grijnsde en zei snel: 'Ik denk niet dat wij vandaag op kantoor treurmuziek zullen laten horen.'
De Cock legde zijn hand op de fraaie tafel die als balie dienstdeed.
'U bent de receptioniste hier?'
'Al jaren.'
'Hoe is uw naam als ik vragen mag?'
'Moet dat?' vroeg ze kribbig.
De Cock glimlachte.
'Ik weet graag met wie ik heb gesproken.'
'Anita... Anita de Reus,' antwoordde ze met tegenzin.
'Mijn collega en ik wilden graag een onderhoud met uw heer Van Maathuizen.'
Anita de Reus snoof en keek brutaal in het gezicht van De Cock.
'Hij is niéts van mij,' reageerde ze snibbig. 'Daar heeft hij ander personeel voor. Ik zal zien of de heer Van Maathuizen u kan ontvangen. Hij is nogal bezet. Door het overlijden van directeur Verbruggen komt er veel op hem af.'
De Cock glimlachte.
'Zeg hem voor alle zekerheid dat wij niet van plan zijn om te vertrekken voor wij hem hebben gesproken.'
De receptioniste kwam achter haar tafel vandaan en verdween door een deur. Na enkele minuten kwam ze terug.
'Heren, wilt u mij maar volgen, dan breng ik u naar zijn kamer.'
Heupwiegend liep ze voor Vledder en De Cock uit.

De heer Van Maathuizen bleek een vriendelijk ogende man met een rond gezicht en waakzame grijze ogen boven opbollende wangen. De Cock schatte hem op een jaar of veertig. Hij droeg een keurig gesneden donkerblauw kostuum. Hij kwam achter

zijn bureau vandaan en wees naar een metalen zitje in een hoek van zijn kamer. Zijn gezicht straalde van welwillendheid.
'Neemt u plaats,' sprak hij jubelend. 'Het is mij een eer om de beroemde rechercheur De Cock, met ceeooceekaa, en zijn assistent Vledder te mogen ontvangen. Ik heb begrepen dat u samen de moord op onze directeur, de heer Charles Verbruggen, behandelt.'
De rechercheurs mompelden wat en namen plaats. Van Maathuizen schoof bij hen aan.
'Hebt u al vorderingen gemaakt?' Het klonk kruiperig van de keurige man.
De Cock schudde zijn hoofd.
'Ik ben benieuwd wie u over de moord op de heer Verbruggen heeft ingelicht.'
Van Maathuizen reageerde verrast.
'Mathilde de Graaf, onze secretaresse,' zei hij met een hoge stem, 'belde mij gisteravond laat. Ik lag al op bed. Mathilde was geheel ontdaan. Ze vertelde wat haar was overkomen. Het moet voor haar een verschrikkelijke ervaring zijn geweest.'
'Het aantreffen van haar dode directeur?' De Cock dacht aan het avontuur van Vledder, maar hij keek hem niet aan.
'Precies.'
'U maakt niet de indruk dat de dood van uw directeur u diep heeft getroffen.'
Van Maathuizen grinnikte.
'Uw waarnemingsvermogen is uitstekend. U hebt gelijk. Ik ervaar de dood van de heer Verbruggen niet als een verlies, maar als een opluchting.'
De Cock schoof zin onderlip naar voren.
'U bent zijn moordenaar of moordenares dankbaar?'
Van Maathuizen verschoof iets op zijn stoel.
'Het is niet zo dat ik van mening ben dat hij of zij een gratificatie verdient of een oorkonde. Ik sta ook niet te juichen, maar Charles Verbruggen was geen aangenaam mens.' Van Maathuizen grijnsde breed. 'En dat is nog een uiterst vriendelijke persoonsbeschrijving.'
De Cock gleed met zijn pink over de rug van zijn neus.

'Kan ik van uw compagnon, de heer De Klerk, een soortgelijke persoonsbeschrijving verwachten?'
Van Maathuizen glimlachte quasi-fijntjes.
'Dat kunt hem beter zelf vragen.'
De Cock boog zich iets naar voren.
'Als ik goed ben geïnformeerd... en dat ben ik gewoonlijk... dan waren er in een recent verleden dikwijls strubbelingen in de top van het modehuis Verbruggen. Mijn informant omschreef die als een soort paleisrevolutie.'
Van Maathuizen zuchtte en spreidde zijn handen.
'Directeur Verbruggen liet weinig ruimte voor wat uw informant een paleisrevolutie noemt. Hij regeerde met ijzeren hand. De Klerk en ik hadden weinig inbreng. De hoofdlijnen, en meer dan dat, behield Verbruggen zelf.'
De Cock maakte een grimas.
'En dat lieten De Klerk en u gehoorzaam en gedwee gebeuren, zonder enige revolte of rebellie?'
Van Maathuizen keek Vledder en de oude rechercheur om beurten peinzend aan.
'Waar... eh, waar zinspeelt u op?' vroeg hij onzeker.
De Cock strekte zijn wijsvinger naar de man uit.
'Dat u,' sprak hij scherp, 'wel degelijk een motief had om de heer Verbruggen naar het leven te staan. Die man heeft u jaren achtereen vernederd, gegriefd, gekwetst en geknecht. De bij u sluimerende gevoelens van haat moesten een keer tot een uitbarsting komen.'
Van Maathuizen stak in een krampachtige houding van afweer zijn armen omhoog en begon te roepen.
'Ik heb hem niet vermoord... ik heb hem niet vermoord... ik heb hem niet vermoord. Ik heb...'
Hij herhaalde het als een echo.

Op weg naar de uitgang van het kantoorgebouw liepen de rechercheurs weer langs de receptie. Vledder bleef staan en boog zich met één schouder omlaag naar Anita de Reus.
'Ik heb Mathilde de Graaf gemist,' zei hij flemend.
Ze keek de jonge rechercheur koel aan.

'Die heeft zich vanmorgen ziek gemeld.'
'O,' zei Vledder luchtig. 'Had ze werkelijk een verhouding met de vermoorde directeur Verbruggen?'
Anita trok rimpels in haar neus.
'Mathilde de Graaf had een verhouding met alle mannen van dit modehuis.'
Vledder toonde verwondering.
'Ook met de heer Van Maathuizen?'
Anita knikte nadrukkelijk.
'Ook met Van Maathuizen.'
Vledder ging rechtop staan met zijn schouders naar achteren getrokken. Haantjesgedrag, dacht De Cock, die toekeek hoe Vledder de jonge vrouw benaderde.
'Afgunst,' zei Vledder achteloos, 'achterklap.'
Anita schudde haar hoofd.
'Geen achterklap. Mathilde droeg een paar weken geleden een wollen truitje, oranje, met een knoopsluiting.'
Anita liet haar wijsvinger langzaam van haar hals naar beneden glijden, stopte even tussen haar borsten en liet haar vinger daarna rusten op haar buik.
'Allemaal knoopjes... een hele rij. Die waren nog keurig dicht toen zij naar Van Maathuizen ging. Toen ze na enige tijd weer uit zijn kamer kwam, zat in het onderste knoopsgat geen knoop. Toen ik haar er op attendeerde dat haar truitje verkeerd was geknoopt, werd ze kwaad en zei snibbig: zorg dat er op de kamer van Van Maathuizen een spiegel komt.' Ze draaide koket met haar schouders.
Vledder lachte en De Cock liep met een glimlach in de richting van de uitgang.
'Die spiegel is er gekomen?' vroeg Vledder.
Anita knikte. 'Ik heb er toen ook maar eentje op de kamer van De Klerk laten ophangen.'

6

Toen de rechercheurs het kantoorgebouw van modehuis Verbruggen op de Nieuwezijds Voorburgwal hadden verlaten, keek De Cock zijn jonge collega van terzijde bewonderend aan, de glimlach was nog niet van zijn gezicht geweken.
'Dat was heel knap van jou.'
Vledder reageerde blij verrast.
'Wat bedoel je?'
De Cock duimde over zijn schouder.
'De manier waarop je die Anita de Reus uitlokte om een paar krasse uitspraken te doen.'
Vledder lachte.
'Het was een impuls, De Cock. Jij kent dat toch ook, zo'n plotselinge ingeving. Toen jij gisteravond aan Mathilde de Graaf vroeg of men het op haar kantoor niet een tikkeltje vreemd vond dat zij regelmatig 's avonds bij de directeur werd ontboden, reageerde ze uitermate fel. Zo fel dat ik de overtuiging kreeg dat er op kantoor wel degelijk over die bezoekjes werd gebabbeld.'
De Cock grinnikte.
'Toch vond ik de uitlatingen van dat meisje Anita uitermate verrassend.'
Vledder stopte en hield De Cock tegen. Een grote groep lawaaierige vrouwen passeerde in de nauwe Nieuwezijds Kolk. Dagjesmensen uit het noorden, te horen aan de tongval. Het was niet het mooiste weer voor een dagje Amsterdam, maar dat had kennelijk geen invloed op hun humeur.
Vledder keek de vrouwen na, toen liep hij door en gaf De Cock een zetje tegen de elleboog en vertelde verder.
'Ja, het klonk naar mijn gevoel ook geloofwaardig. De waarnemingen van Anita over het verkeerd geknoopte truitje van Mathilde de Graaf... na haar verblijf in de werkkamer van Van Maathuizen... waren opmerkelijk.'

De Cock lachte.
'Vrouwen letten op die dingen. Het zou mij als man vermoedelijk zijn ontgaan.'
Vledder trok een denkrimpel in zijn voorhoofd.
'Het is toch bijna niet aan te nemen dat de frêle Mathilde de Graaf stilzwijgend een verhouding had met drie mannen van dat modehuis? Dat zouden die mannen toch van elkaar moeten weten? Je hoorde die receptioniste en je weet hoe ze roddelen op zo'n kantoor.'
De Cock trok zijn schouders op.
'Ik vind het ook vreemd. Toch lijkt het mij zinvol om voorlopig maar wel van dat gegeven uit te gaan.'
Vledder snoof.
'En zo'n vrouw waagt het om mij van verkrachting te beschuldigen.'
'Dick, we weten nog niet of zij aangifte heeft gedaan bij de zedenpolitie. Misschien heb ik haar gedrag jegens jou wel verkeerd ingeschat. Er kan van alles achter steken.'
'Hoe bedoel je?'
Om de lippen van de oude rechercheur dartelde een vrolijke glimlach.
'Nou, heb je jezelf wel eens in de spiegel bekeken? Adelheid heeft ook smaak! Misschien vond Mathilde jou een aantrekkelijke vent... een man met voor haar zo'n seksuele uitstraling, dat ze heeft geprobeerd ook jou aan haar zegekar te binden.'
Vledder vond het wel komisch, De Cock die zo over hem sprak.
'Op zo'n onstuimige manier,' sprak hij grinnikend, 'wil ik niet door een vrouw worden veroverd. Ha, het leek wel of ik zittend achter het stuur door haar werd besprongen.'
De Cock moest lachen.
'Misschien is het bij anderen een succesvolle tactiek. We moeten nog maar eens met Van Maathuizen praten... vragen hoe zijn romance met Mathilde de Graaf tot stand is gekomen.'
Vledder gromde.
'Haar tactiek, zoals jij dat noemt, werkt in elk geval niet bij mij. Het maakte op mij geen enkele indruk, integendeel zelfs.

Bovendien... ik heb Adelheid en daar kan geen andere vrouw tegenop.'
De Cock kuchte even een beetje overdreven.

Toen ze in de Warmoesstraat de hal van het politiebureau binnenstapten, wenkte Jan Rozenbrand hen vanachter de balie met een kromme vinger.
De Cock liep op hem toe en stak zijn kin naar voren.
'Klachten?' vroeg hij op een gespeeld barse toon.
'Geen klachten!' antwoordde de wachtcommandant. 'Nee, De Cock, Bram van Wielingen heeft vanaf het hoofdbureau geprobeerd jullie te bereiken. Hij vraagt of jullie contact met hem willen opnemen.'
'Dat doen we. Verder nog iets, wachtcommandant?'
Jan Rozenbrand wees grinnikend omhoog.
'De commissaris wil je dringend spreken. Als De Cock het bureau binnenkomt, zei hij, stuur hem direct naar mij toe.'
'Oei,' schamperde De Cock en trok snel zijn hoofd tussen zijn schouders.

Commissaris Buitendam, de lange statige chef van het politiebureau aan de Amsterdamse Warmoesstraat, wuifde met een slanke hand.
'Kom binnen, De Cock,' sprak hij geaffecteerd, 'en ga zitten.'
Denkt hij nou nog steeds dat mij dat deftige gedoe imponeert? dacht De Cock. Hij trok zijn wenkbrauwen op alsof hij wilde zeggen: kom maar op.
De uitdagende houding van de oude rechercheur ontging Buitendam niet. Hij kwam achter zijn bureau vandaan en wenkte uitnodigend naar een comfortabel zitje bij het raam, waar hij gewoonlijk slechts prominente gasten ontving.
De grijze speurder trok zijn gezicht in een onwillige plooi, nors en ontoegankelijk. De toenadering van zijn chef wees hij meestal hooghartig van de hand. Sinds jaren leefde hij op gespannen voet met de commissaris. Al wisten ze van elkaar dat dat voor een deel maar een houding was, toch hield De Cock het graag zo, beducht voor inmenging in zijn wijze van rechercheren.

'Als het u hetzelfde is... ik blijf liever staan.'
Op het bleke gezicht van de commissaris kwam een lichte blos.
'Zoals je wilt,' sprak hij afgemeten. Hij liep terug naar zijn bureau en nam wat stijfjes plaats.
'Hoe lang werk jij al met Vledder samen?'
Nu zullen we het hebben, schoot het door De Cock heen. Hij deed of hij diep nadacht.
'Vanaf het moment dat hij op dit bureau werd geplaatst. U hebt hem toen aan mij toegevoegd. Wij vormen samen – dat mag toch wel gezegd worden – sindsdien een uiterst succesvol koppel.'
Commissaris Buitendam knikte vaag.
'Dat wil ik niet ontkennen. Heb je wel eens problemen met hem?'
'Met wie?'
'Met Vledder?'
De Cock keek hem argwanend aan.
'In welk opzicht?' Hoe durfde de commissaris.
Buitendam gebaarde wat onzeker.
'In... eh, in zijn relatie met vrouwelijke arrestanten, vrouwelijke getuigen... vrouwen in het algemeen?'
De Cock voelde hoe de woede in zijn aderen sloop. Inderdaad, de commissaris durfde Vledder af te vallen. Toch door die Mathilde, begreep De Cock.
'Vledder benadert vrouwen,' reageerde hij fel, 'van welke leeftijdsgroep ook... altijd uiterst respectvol.'
Buitendam trok een bedenkelijk gezicht.
'Ik ben vanmorgen gebeld door de chef van de zedenpolitie aan het hoofdbureau. Er is tegen Vledder een klacht ingediend ter zake ongewenste intimiteiten.'
Al voelde De Cock welke kant Buitendam op wilde, toch vroeg hij: 'Door wie?'
De commissaris blikte op een notitie voor zich op zijn bureau.
'Door een mejuffrouw Mathilde de Graaf.' Met een vragende blik keek hij De Cock aan.
'Dat is de secretaresse van die vermoorde directeur van het modehuis Verbruggen.'

'Ja.'
De Cock veinsde onbegrip.
'Wanneer moeten die... eh, die ongewenste intimiteiten dan wel hebben plaatsgevonden? Vledder is tijdens diensttijd vrijwel voortdurend in mijn gezelschap.'
Commissaris Buitendam tikte met zijn wijsvinger op de notitie.
'In jullie eigen dienstwagen, toen Vledder haar zo rond middernacht op jouw verzoek naar de Vierwindenstraat bracht.'
De Cock schudde zijn hoofd.
'Commissaris,' sprak hij beslist, 'dat kan niet. Onmogelijk. Daar was absoluut geen ruimte voor. Vledder was in luttele minuten weer bij mij op de plaats delict.'
Buitendam grijnsde.
'Een hand is snel op een vrouwenknie gelegd en naar boven geschoven.'
De Cock fronste zijn wenkbrauwen. Hij had al veel aantijgingen van de commissaris op zijn werk gehoord in de loop van de jaren, maar een collega een douw laten geven, dat pikte hij niet.
'Beweert zij dat?' vroeg hij, en het leek of hij de woorden bijna in het gezicht van zijn meerdere spuugde.
Commissaris Buitendam deinsde achteruit en knikte.
'Mejuffrouw Mathilde de Graaf heeft ook kritiek geuit over jouw optreden gisteravond.'
De Cock snoof. Het moest nu niet gekker worden.
'Mijn optreden?' en hij sloeg met de vlakke hand tegen zijn borst.
Buitendam knikte opnieuw.
'Jij had volgens haar kunnen voorkomen dat zij met een slachtoffer van een moord werd geconfronteerd. Dat heeft haar diep geschokt. Zij heeft zich vanmorgen bij haar werkgever ziek moeten melden.'
De Cock grinnikte droog.
'Dat is een pertinente leugen. Die confrontatie met het slachtoffer gebeurde op haar eigen uitdrukkelijke verzoek. Ik heb geprobeerd haar ervan te weerhouden. Ik heb haar erop gewezen dat de aanblik niet prettig was, maar ze wilde per se haar dode directeur nog een keer van nabij zien.'

Commissaris Buitendam zuchtte diep.
'Mejuffrouw De Graaf heeft via de chef van de zedenpolitie aan mij, commissaris van het bureau Warmoesstraat, het verzoek gericht om haar noch door jou noch door Vledder inzake het onderzoek naar de moord op de heer Verbruggen te laten benaderen.'
'Wat?' Het kostte De Cock moeite zich in te houden.
'Ze wil dat jullie haar verder met rust laten.'
'En?'
'Ik heb de neiging om aan haar verzoek te voldoen.'
De mond van De Cock viel halfopen en hij maakte aanstalten om in de richting van de deur te lopen. 'Dat kan niet,' sprak hij daarbij hoofdschuddend. 'Dat kan absoluut niet. Mathilde de Graaf is een belangrijke getuige in deze zaak. We zullen haar verklaringen verder moeten aanvullen.'
'Dat moet dan later maar bij de rechter-commissaris gebeuren.'
De Cock ging weer recht voor het bureau van de commissaris staan. 'Onzin!' zei hij.
Commissaris Buitendam keek hem bestraffend aan.
'Dat is een onbehoorlijke opmerking.'
De oude rechercheur grijnsde breed; hij wist welk argument hij nu zou gebruiken.
'Mejuffrouw Mathilde de Graaf,' betoogde hij met nadruk op elk woord, 'speelt het handig. Vermoedelijk is zij tot haar nekharen bij deze moord betrokken. Door Vledder en mij uit haar buurt te houden, kan zij ons onderzoek traineren... zelfs onmogelijk maken.'
De Cock zuchtte diep terwijl hij Buitendam meewarig aankeek.
'Dat een commissaris van politie die truc niet doorziet, is naar mijn gevoel een duidelijk bewijs van onbekwaamheid en onvermogen.' Hij wist dat hij ver gegaan was... te ver.
Commissaris Buitendam kwam woedend achter zijn bureau vandaan. Er flikkerde vuur in zijn ogen en zijn neusvleugels trilden. Hij strekte zijn rechterhand bevend naar de deur van zijn kamer.
'Eruit.'

Toen De Cock in de grote recherchekamer terugkwam en zich in zijn stoel achter zijn bureau liet zakken, straalde de woede van hem af. Zwaar zuchtend staarde hij voor zich uit.
Vledder hem onderzoekend aan.
'Was het weer zover?'
De Cock knikte met een verbeten gezicht.
'Hij joeg mij weer eens zijn kamer af.'
Vledder schudde zijn hoofd.
'Hij leert het nooit.'
'Ik had zo'n incompetente ondergeschikte allang naar een ander bureau laten overplaatsen.'
Vledder grinnikte.
'Dan bleef hij met onopgeloste moorden zitten.'
'En daar is meneer de commissaris te benauwd voor!'
Vledder trok een denkrimpel in zijn voorhoofd.
'Vertel, De Cock. Wat wilde Buitendam eigenlijk van je? Zo woedend als nu heb ik je niet vaak meegemaakt.'
De Cock krabde zich achter in zijn nek en overdacht hoe hij moest beginnen. Meteen maar daar waar zijn woede lag, besloot hij.
'Mathilde de Graaf heeft bij de zedenpolitie aangifte tegen jou gedaan...'
'Wat? Echt waar?'
'Ja.'
'Ter zake verkrachting?'
De Cock schudde zijn hoofd.
'Ongewenste intimiteiten. Ze heeft een formele aangifte ter zake verkrachting of poging daartoe blijkbaar niet aangedurfd. Bang dat zij bij een listig verhoor door de mand zou vallen.'
Vledder keek geschrokken. 'Jij was er al bang voor, De Cock. Welke intimiteit zou ik dan ongewenst met haar hebben uitgevoerd?'
De Cock grijnsde.
'Jij zou jouw hand op haar knie hebben gelegd en die hand over haar dijbeen naar boven geschoven hebben. Je weet wat daarmee wordt bedoeld...'
Vledder grinnikte vreugdeloos.

‘Hoe verzint ze het. Ik heb haar met geen vinger aangeraakt. In de realiteit heb ik meer gegronde redenen om aangifte tegen háár te doen, dan zíj tegen míj.’ Hij was achter zijn bureau gaan staan.
‘Laat het maar zo,’ sprak De Cock sussend. ‘Het is geen misdrijf als een man over de knie van een vrouw strijkt.’
‘Krijg ik daar disciplinair geen last mee?’ Vledder zakte weer terug op zijn stoel en sloeg zijn handen tegen zijn wangen.
‘Niet direct, Dick, daar zal toch een onderzoek aan vooraf moeten gaan.’
De oude rechercheur zweeg even.
‘Wat ik veel ernstiger vind, is dat Mathilde de Graaf via die aangifte of kennisgeving bij de zedenpolitie probeert Buitendam te bewegen om ons te verbieden haar in deze zaak verder te benaderen.’
Vledder keek hem verbijsterd aan.
‘Hij is toch niet gek geworden of zo?’
De Cock kreeg weer een twinkeling in zijn ogen.
‘Laten we een onderlinge discussie over zijn geestelijke gesteldheid maar achterwege laten. Heb je Bram van Wielingen nog gebeld?’ vroeg hij belangstellend.
‘Ja.’
‘Had hij nog wat?’
‘Van Wielingen heeft het receptenbriefje grondig laten onderzoeken.’
‘En?’
‘Geen vingerafdrukken gevonden.’
‘Jammer.’
‘Van Wielingen heeft, naar zijn zeggen, prachtige vergrotingen van het bewuste briefje naar twee grafologen gestuurd.’
De Cock snoof.
‘Het kan wel even duren voor wij van die handschriftkundigen horen.’
Vledder trok een lade van zijn bureau open en nam daaruit een notitie.
‘Op de achterzijde van het receptenbriefje stond nog een tekst, die wij gisteravond niet hebben waargenomen omdat wij de achterkant niet hebben bekeken.’

De Cock trok zijn wenkbrauwen samen.
'Wat voor een tekst?'
Vledder las hardop voor.
'Jouw medicijn, puntkomma, een wurgkoord om je nek.'
De Cock lachte. 'Dat hebben we wel kunnen waarnemen. Het mankeerde er nog maar aan dat op de voorkant z.o.z. stond, zie ommezijde.'
'Dat staat er ook.'
De Cock reageerde niet, hij keek zijn jonge collega peilend aan.
'Zou jij een daderprofiel van de moordenaar van de heer Verbruggen durven maken?'
Vledder grinnikte.
'Dan moet ik een beetje koffiedik kijken of diep in een glazen bol turen.'
'Nou? Probeer het eens.'
Vledder maakte met zijn handen een gebaar of hij een bol omvatte.
'Ik zie, ik zie... een door woede en haat verteerde man.'
'Meer niet?'
Vledder wapperde met zijn handen en maakte weer een bol.
'We weten niet waardoor die woede en haat in die man zijn gevoed,' sprak hij bezwerend, 'hoe die zijn ontstaan. Wanneer wij dat weten, zo vermoed ik, ligt de dader binnen handbereik.' Hij ging achterover zitten en klapte in zijn handen.
De Cock schoof zijn onderlip iets naar voren.
'Een mooi perspectief,' sprak hij hoopvol. 'Zoals altijd, in bijna elke zaak, blijft de vraag: wat is het motief?'
Vledder knikte.
'En daarover heb ik nog geen flauw idee, rechercheur De Cock.' Hij schudde zijn hoofd. 'Wellicht speelt Mathilde de Graaf daarin een rol... kent zij de achtergronden van de moord op Verbruggen.'
De Cock kneep zijn ogen halfdicht.
'Doe gewoon, Dick. Wat denk je, weet Mathilde de Graaf, of vermoedt ze, wie de moord pleegde?'
Vledder trok zijn schouders op.

'Daar zijn geen aanwijzingen voor. Ze gaf gisteravond de dode Verbruggen een mep. Dat was een uiting van haat. De oorzaak van die haat en het waarom van die klap wil ze niet kwijt. Wellicht is dat juist de reden waarom ze wil dat wij uit haar buurt blijven.'
'Terugkomend op het daderprofiel... kan de dader volgens jou geen vrouw zijn?'
Vledder schudde zijn hoofd.
'Dat dacht ik niet. Deze man, deze dader, is bezeten door woede en haat tijdelijk geestelijk gestoord. Hij genoot al van zijn moord toen hij het recept uitschreef.'

7

De Cock leunde achterover op zijn bureaustoel en blikte op de klok boven de toegangsdeur naar de grote recherchekamer. Het was een paar minuten na drie uur. Hij gebaarde vergenoegd voor zich uit.

'We hebben al veel gedaan vandaag. Die keurige meneer Gerbrandsen verhoord, die zich als dader presenteerde. Met Van Maathuizen van het modehuis Verbruggen gesproken en jij hebt Anita de Reus, die kleine pittige receptioniste laten praten...'

Vledder onderbrak hem.

'En jij hebt onze geachte commissaris weer eens op stang gejaagd.'

'En jou tegen hem in bescherming genomen,' zei De Cock en wees daarbij op Vledder.

'Alles bij elkaar... veel gedaan vandaag.'

Vledder gromde.

'Maar we zijn nog niets opgeschoten. Wij hebben in ons onderzoek geen wezenlijke vorderingen gemaakt.'

'De dag is nog lang.'

'De Cock, Bram van Wielingen heeft ook al foto's van de affaire Verbruggen laten bezorgen, dat vergat ik je te zeggen. Ik heb ze in de la van je bureau gelegd.'

'Zijn daar ook de foto's van het bewuste recept bij.'

'Ja.'

De Cock trok de la open en legde de foto's naast elkaar voor zich op het bureaublad. Van Wielingen had goed werk geleverd. Op de haarscherpe vergrotingen was de tekst op het recept duidelijk te lezen.

'Niet te geloven, onderaan staat toch z.o.z.,' merkte hij op.

'Dat zei ik toch,' antwoordde Vledder. 'Maar heel onduidelijk. Ik heb dat gisteravond over het hoofd gezien.'

Ineens staarde de oude rechercheur Vledder aan.

'Ik heb je er vandaag nog niet over gehoord,' sprak hij hoofdschuddend. 'Maar moet jij vandaag geen gerechtelijke sectie op het lijk van Willebrord Theodorus Gredanus Verbruggen bijwonen?'
Vledder keek verschrikt op.
'Ja, waarachtig, vandaag, om vier uur. Ik was het bijna vergeten. Ik heb vanmorgen vroeg al een afspraak gemaakt met dokter Rusteloos. Hoe laat is het? Red ik het nog?'
De Cock schudde zijn hoofd.
'Je hebt nog ruim de tijd. Het is goed drie uur. Maar nu moet je wel opstappen. Als het verkeer tegenzit, red je het niet.'
'Wat ga jij intussen doen?' vroeg Vledder.
De Cock glimlachte.
'Ik ga naar het Centraal Station.'
'Wat moet je daar doen?' vroeg Vledder verbaasd.
'Een trein nemen die naar Purmerend rijdt.'
'Dan mag jij nu ook wel opstappen. Wat wil je doen in Purmerend?'
De Cock liep naar de kapstok en begon zijn jas aan te trekken.
'Ik ga in Purmerend in de Fluitstraat onze oude vriend dokter Van Aken opzoeken en hem vragen of het zijn gewoonte is om in zijn bloeiende praktijk blanco receptenpapiertjes te laten slingeren.' Toen zette hij zijn hoedje op en deed de deur open.

Jan van Aken was van alle huisartsen de bekwaamste die ooit in Purmerend en omstreken zieken, zwakken en gewonden had bijgestaan, vond De Cock. Heel ongedwongen, in een overhemd met een nonchalant dik vest erover, zat hij achter zijn bureau in de gezellige spreekkamer. Hier voelden zijn patiënten zich beslist op hun gemak.
Lachend keek hij De Cock aan.
'Hoe kom jij hier... als patiënt of als ambtelijk beschermer van belaagden, kinderen en maagden?'
De oude rechercheur grinnikte.
'Ik wist niet dat jij je patiënten onder deze drie categorieën onderbracht.'
De huisarts knikte instemmend.

'De maagden,' reageerde hij met een vrolijke grimas, 'vormen een minderheid.'
De Cock lachte.
'Ik kom noch als het een, noch als het ander.'
'Jij hebt ook geen platvoeten?'
De Cock keek hem niet-begrijpend aan.
'Vanmorgen nog niet.'
Jan van Aken grijnsde.
'Jij bent toch rechercheur, De Cock. Toen ik klein was verslond ik de avonturen van de Saint. Die held met het aureool van een heilige sprak altijd spottend over "een paar platvoeten" en daarmee bedoelde hij een rechercheur. Rechercheurs hadden volgens hem altijd platvoeten van het vele lopen.'
De Cock maakte een afwerend gebaar.
'Dat is uit het stenen tijdperk. Ik heb heus mijn kilometers door Amsterdam getrokken, zonder platvoeten. Maar de huidige rechercheurs lopen niet zo veel meer.' Hij nam een fotokopie uit de binnenzak van zijn colbert en schoof die over het bureau.
'Jan van Aken, schrijf jij dergelijke recepten uit?' vroeg hij plagend.
Van Aken nam het papier op. 'Een receptenbriefje van mij?' zei hij verbaasd.
'Pede poena claudo,' las hij toen hardop.
De Cock wees op de fotokopie van het briefje.
'Weet jij wat dat betekent?'
Van Aken trok een grijns.
'Als je medicijnen hebt gestudeerd, moet je wel iets van Latijn weten. Maar ik heb geen flauwe notie wat straf met kreupele stappen moet betekenen.'
De Cock glimlachte.
'Ik ken alleen wat potjeslatijn. Maar ik weet dat het een Latijns gezegde is. Het betekent zoveel als: straf die laat op de misdaad volgt.'
Van Aken las verder.
'Een prikkelende tekst,' merkte hij op. 'Hoe kom je hieraan?'
'Het zat met een veiligheidsspeld op de revers van een vermoorde man geprikt.'

'Merkwaardig. En waarom, als ik je vragen mag?'
'Dat zou ik aan de moordenaar moeten vragen en die ken ik nog niet.'
Jan van Aken wees naar de fotokopie.
'Hoe... eh, hoe komt die moordenaar in vredesnaam aan een blanco receptenbriefje van mij? Ik vind dit een angstig idee.'
De Cock knikte.
'Precies. Daarvoor ben ik naar Purmerend gekomen. Laat jij wel eens blanco receptenbriefjes slingeren?'
Van Aken schudde zijn hoofd.
'Integendeel. Ik ga er altijd heel zorgvuldig mee om.'
Hij schoof zijn stoel iets achteruit en trok een lade van zijn bureau open.
'Kijk, hier liggen ze. En ik heb er altijd een stel bij me voor het geval dat ik tijdens een visite een recept moet uitschrijven.'
'En daarvan kan je er nooit een zijn kwijtgeraakt?'
'Ik zou niet weten hoe. En ik tel ze ook niet.'
'Is er hier bij jou op de praktijk wel eens ingebroken?'
'Nee.'
'Dan moet iemand dus in de la van jouw bureau hebben gezeten. Kan dat?'
Van Aken keek nog eens in de la en schoof hem toen dicht.
'Het gebeurt wel eens dat ik even word weggeroepen. Of heel even naar de behandelkamer moet.'
'Terwijl hier iemand zit?'
'Ja.' Het leek of de huisarts zich schuldig voelde.
De Cock zuchtte.
'Dat betekent,' formuleerde hij voorzichtig, 'dat de man of de vrouw die in het bezit was van het blanco receptenbriefje waarop later deze vreemde tekst is geschreven, een patiënt van jou is, of was, of in elk geval een keer hier moet zijn geweest.'
'Dat is zeker mogelijk,' zei Van Aken. Hij keek met een sceptische blik omhoog naar De Cock. 'Wat wil je... dat ik mijn hele patiëntenbestand uitspit en bij iedereen moet nadenken of er een dief in schuilt?'
De oude rechercheur schudde zijn hoofd. 'Nee,' zei hij vergoelijkend, 'maar wanneer ik in mijn onderzoek op een man of een

vrouw stuit, die ik als een mogelijke dader zou kunnen aandui-den, mag ik dan voorzichtig aan jou vragen of die persoon bij jou ooit in behandeling is geweest?'
Van Aken voelde zich duidelijk opgelucht.
'Als ik jou en de wet kan dienen,' grinnikte hij, 'zal ik dat niet nalaten.'

Toen De Cock de grote recherchekamer binnenkwam wierp hij zijn oude hoedje met meesterlijke precisie op de haak van de kapstok. Het toverde een blijde glimlach op zijn gezicht. Daarna wurmde hij zich uit zijn regenjas, liep glunderend naar zijn bureau en liet zich in zijn stoel zakken. De oude rechercheur monsterde de sombere trekken op het gezicht van Vledder.
'Is er wat?'
De jonge rechercheur gromde.
'Ik ben net binnen.'
'Had dokter Rusteloos zoveel tijd nodig?'
Vledder schudde zijn hoofd.
'Welnee,' riep hij opgewonden. 'Rusteloos was gauw klaar. Hij vond gebroken kraakbeenringetjes in de luchtpijp van het slachtoffer. Die oude lijkensnijder weet bij verwurging toch precies waar en wat hij zoeken moet.'
'Geen bijzonderheden?'
Vledder tuitte zijn lippen.
'Gezien de diepe en scherpe insnoeringen van het wurgkoord in de hals schatte de dokter dat de dader over een meer dan gewone lichaamskracht beschikt.'
De Cock trok zijn schouders op.
'Daar doen we ook niet veel mee,' sprak hij geringschattend. 'Er zijn zoveel mensen die een sport beoefenen die de kracht van handen en armen activeert... Heb je het wurgkoord meege-nomen?'
Vledder wees op een plastic zak op zijn bureau.
'Rusteloos heeft het voor mij schoongemaakt en ontsmet.'
'Heb je de kleding die Verbruggen op de avond van de moord droeg nog nageplozen?'

‘Natuurlijk.’ Vledder knikte verbaasd. Hij wist wat hem te doen stond, wat dacht De Cock nou.
‘Ik vond in de kontzak van zijn broek een fraaie, in leer gebonden agenda. Ik heb nog niet gekeken of er iets bijzonders voor ons in staat.’
De Cock glimlachte, hij voelde de wrevel van Vledder wel aan, maar hij wilde altijd grip op alle onderdelen van een onderzoek houden.
‘Dan is alles toch goed verlopen?’
Vledder gromde.
‘Ik kwam midden in een file terecht.’ Hij schudde zijn hoofd. ‘En daar kan ik slecht tegen. Een metertje vooruit en weer stoppen... een metertje vooruit en weer stoppen. Gallisch word ik van het spitsuur in de stad. Als ik op zo’n moment in een tank zou rijden, schoof ik alles voor mij van de weg.’
‘Ik wist niet dat jij zo gewelddadig kon zijn, Dick. Intussen zat ik rustig in de trein.’
Vledder boog zich iets naar voren.
‘En, heeft dokter Jan van Aken bekend dat hij blanco receptenbriefjes laat slingeren?’
De Cock schudde zijn hoofd.
‘Ik ben in zijn spreekkamer geweest en ik weet nu waar hij die bewaart. Zo’n briefje moet in een onbewaakt ogenblik uit een la van zijn bureau zijn gestolen.’
‘Dat kan een assistente zijn, een schoonmaakster of een patiënt.’
De Cock knikte.
‘Dat laatste ligt het meest voor de hand.’
‘Hebben we daar wat aan?’
‘Je bedoelt voor ons onderzoek?’
‘Misschien moeten we dat hard maken.’
De Cock trok een bedenkelijk gezicht.
‘Misschien in de toekomst.’
De oude rechercheur stond van zijn stoel op en slenterde naar de kapstok.
Vledder kwam hem na.
‘Waar ga je heen?

De Cock draaide zich half om.
'Wij gaan nu naar Smalle Lowietje.'
Vledder grijnsde.
'Ik weet het. Jouw dorstige keel snakt naar het fluweel van een cognackie. Maar mijn hongerige maag snakt naar een broodje, De Cock. Het is etenstijd.'
'Dan neem je bij Lowietje maar iets hartigs.'

Lowietje, wegens zijn geringe borstomvang in het wereldje van de penoze steevast Smalle Lowietje genoemd, zwaaide al meer dan een kwarteeuw met milde hand de scepter in het schemerig intieme lokaaltje, dat hij vol trots als 'mijn etablissement' betitelde.
Het was erg druk op dit uur van de dag. Mannen en vrouwen die na werktijd graag wat napraatten bij een drankje voordat ze naar huis gingen of een hapje gingen eten in een of ander restaurantje.
Toen de rechercheurs binnenstapten, begroette Lowietje hen uitbundig over de hoofden van de gasten heen. De Cock schudde hij hartelijk de hand tussen twee mannen aan de bar door. Op zijn miezerig muizensmoeltje lag een gulle glans van verrukking. Smalle Lowietje was bijzonder op de grijze speurder gesteld... een genegenheid, die door De Cock soms schaamteloos werd uitgebuit.
De Smalle wuifde met een joviaal gebaar tegen een paar bezoekers dat ze plaats moesten maken aan de tapkast.
'Ik ben blij u weer te zien,' zei hij vrolijk tegen De Cock. 'Ik was al bang dat u van de commissaris een strak drankverbod had opgelegd gekregen.'
De Cock schoof glimlachend op de vrijgekomen kruk. Vledder bleef naast hem staan.
'Een drankverbod zou voor mij einde verhaal betekenen. Ik diende dan onmiddellijk mijn ontslag in.'
Smalle Lowietje lachte en keek de twee rechercheurs aan.
'Hetzelfde recept?'
Zonder op antwoord te wachten, dook hij aalglad onder de tapkast en kwam omhoog met een fles verrukkelijke Franse cognac

Napoleon, die hij speciaal voor De Cock gereserveerd hield. Hij zette met een routinegebaar drie diepbolle glazen op de bar en schonk klokkend in. Lowietje dronk altijd een glaasje mee.
'En heb je wat hartigs voor de jongeman?' vroeg De Cock met een schuinse blik naar Vledder.
'Zeker, wordt geregeld.'
Lowietje keek op. 'Druk aan de Kit?' vervolgde hij.
De Cock trok achteloos zijn schouders op.
'De misdaad kent geen vijfdaagse werkweek,' antwoordde hij vlak. 'En van atv-dagen heeft de penoze nog nooit gehoord.'
Voorzichtig nam hij zijn glas op, warmde het in de kom van zijn hand en nam een slokje. Met gesloten ogen liet hij de cognac door zijn keel glijden. Begeleid door een zoete zucht zette hij zijn glas weer voor zich op de bar neer.
Vledder wachtte nog even tot hij een bodempje in zijn maag had gelegd met de stukjes kaas en worst die Lowie met een zwierig gebaar voor hem op de bar had getoverd. Zwijgend begon hij te eten. Bij de bezoekjes aan het etablissement van Smalle Lowietje had hij toch al het gevoel dat hij er voor spek en bonen bij zat.
'Lowie,' sprak De Cock gedragen, 'dit zijn van die schaarse momenten in het leven, die mij zelfs met de misdaad verzoenen.'
Smalle Lowietje keek hem vertederd aan.
'De Cock,' sprak hij bewonderend, 'jij kunt soms van die mooie dingen zeggen.'
De grijze speurder glimlachte.
'Doe jij wel eens aan de mode?'
Smalle Lowietje streek met zijn kleine handjes over zijn morsige vest. 'Mijn mode,' grijnsde hij, 'is al een kwarteeuw onveranderd.'
De Cock schudde zijn hoofd.
'Weet jij iets van modehuizen?'
De tengere caféhouder knikte Vledder toe. 'Smaakt het?' Daarna richtte hij zich met een hulpeloos gebaar naar De Cock.
'Ik ken wel een grietje dat in een modehuis werkt. Daar heeft ze een moordbaan.'
'Gisteravond hebben wij de directeur van het modehuis Ver-

bruggen aan de Nieuwezijds Voorburgwal dood in zijn fraaie pand aan de Keizersgracht gevonden. Vermoord. Iemand legde een strop om zijn nek.'
Smalle Lowietje keek verrast.
'Dat is het.'
'Wat?'
'Waar dat grietje werkt: modehuis Verbruggen.'
'Hoe heet ze?' vroeg De Cock.
Smalle Lowietje maakt een schouderbeweging.
'Haar voornaam ken ik niet. Maar ze is de oudste dochter van Herman de Graaf.'
De Cock trok een denkrimpel in zijn voorhoofd.
'En wie is Herman de Graaf?'
De tengere caféhouder wuifde.
'Herman de Graaf kwam vroeger vaak hier in mijn etablissement. Een vaste bezoeker. Hij zat in de bouw. Een prima vakman. Hij verdiende zo goed dat hij zijn oudste dochter heeft kunnen laten studeren. Hij was altijd erg trots op die meid. Volgens hem een kanjer.'
'Die Herman de Graaf komt hier niet meer bij jou?'
Smalle Lowietje schudde zijn hoofd met een droeve uitdrukking op zijn gezicht.
'Lang niet meer gezien. Hij is slecht ter been. De laatste keer dat ik hem heb gezien liep hij achter zo'n karretje, een rollator.'
'Waarom?'
Smalle Lowietje trok een gekweld gezicht.
'Herman de Graaf is van een steiger gevallen en kwam in de WAO terecht. Met een hok vol kinderen is dat geen vetpot. Ik denk dat een borreltje buiten de deur er niet meer af kon.'
'Weet je waar hij woont?'
Smalle Lowietje zuchtte.
'Hij woonde vroeger vooraan op de Kromme Waal. Ik heb later gehoord dat zijn vrouw daar nog is gestorven.'
'Is hij daarna verhuisd?'
'Ik heb gehoord dat hij in verband met de verzorging van zijn vele kinderen kort na haar dood opnieuw is getrouwd. Met een knappe weduwe, die hij al geruime tijd kende... vrouw van een

gestorven vriend uit de Vierwindenstraat. Ik geloof niet dat hij nog in de stad woont. Volgens de laatste berichten zou hij nu met haar ergens in Hoorn wonen.'
Bij het noemen van de Vierwindenstraat keek Vledder op. Daar had hij Mathilde toch naartoe gebracht! Kon toeval zijn natuurlijk.
'Heeft die oudste dochter ooit op de Wallen gezeten?' vroeg De Cock.
Smalle Lowietje reageerde furieus.
'Ben je belazerd,' riep hij geschokt. 'Die oudste van Herman is een keurige meid. Hij nam haar wel eens mee naar hier... om te pronken. Een schatje. Herman de Graaf was zelf ook een toffe gozer. Geen penozejongen, maar gewoon een hardwerkende bouwvakker.'
De Cock zuchtte omstandig. Het duizelde hem een beetje. Het verhaal van Smalle Lowietje tolde door zijn hoofd. Ook hij dacht aan de avond ervoor. Hij wees naar zijn glas.
'Lowie,' sprak hij hees, 'schenk nog eens in.'

8

Met de zachte gloed van verrukkelijke cognac in hun aderen slenterden De Cock en Vledder vanuit het etablissement van Smalle Lowietje naar de Achterburgwal. Het was er bijzonder druk. Een omvangrijk leger van behoeftigen slofte turend en keurend langs de vele ramen waar hoertjes van velerlei fatsoen in barmhartig zachtrood licht hun bekoorlijkheden uitstalden.
In de tientallen jaren die De Cock aan het beruchte politiebureau aan de Amsterdamse Warmoesstraat dienstdeed, had hij beroepshalve dikwijls het fenomeen van de Wallen in vol bedrijf bezien. Steeds met verbijstering. De oude rechercheur kon zich ook in zijn jonge jaren niet voorstellen hoe vele mannen schijnbaar zonder enige voorbereiding, vrijwel ad hoc, met een prostituee de liefde konden bedrijven. Zijn eigen seksuele behoefte, zo wist hij, vergde wel enige tijd van toewijding, intimiteit en emotie.
Vledder zag de rosse buurt als een toeristische attractie. Hooguit glimlachte hij om de reacties van de mannelijke en de vrouwelijke passanten.
Het begon weer te regenen, niet fel, maar zacht, miezerig. Het deerde het leger van behoeftigen niet. Het slofte onverdroten voort. De business bleef in vol bedrijf. Bij enkele nieuwe beeldschone Zuid-Amerikaanse meisjes stonden mannen, meest met snorren, geduldig in de rij.
De Cock schoof zijn oude hoedje iets naar voren en trok de kraag van zijn regenjas omhoog. Met zijn vlakke hand veegde hij de regen van zijn gezicht en blikte speels opzij naar Vledder.
'Heb je goed geluisterd?'
'Ik was even aan het kijken. Naar wie moest ik luisteren?'
'Smalle Lowietje.'
'Zeker.'

'Hoe... eh, hoe vond je het fraaie verhaal van hem over bouwvakker De Graaf en zijn kroost?'
De jonge rechercheur grijnsde.
'Dat was behoorlijk verrassend, ja.'
'In welk opzicht?' vroeg De Cock.
'Neem jij aan dat de oudste dochter van bouwvakker Herman de Graaf, de Mathilde de Graaf is met wie wij kennis hebben gemaakt?'
De Cock knikte traag.
'Daar heeft het alle schijn van... heeft een vette baan bij het modehuis Verbruggen... woont in de Vierwindenstraat... het kan niet missen.'
Vledder snoof.
'Er zijn meer woningen in de Vierwindenstraat. En jouw vriend Smalle Lowietje schetst van haar een totaal ander beeld. Het lijkt niet op onze eigen ervaringen met de frivole secretaresse, of van de furie die ik in de auto had.'
De Cock knikte.
'Veel lieflijker.'
'Een gekleurd geschetst beeld?'
De oude rechercheur zweeg even.
'Misschien iets te rooskleurig,' sprak hij toen. 'Ik voel er toch veel voor om bij de beoordeling van het gedrag van Mathilde de Graaf ook de visie van onze tengere caféhouder op te nemen.'
'Waarom zou je?' vroeg Vledder.
De Cock trok zijn gezicht in een ernstige plooi.
'De praktijk heeft geleerd dat Smalle Lowietje in de regel goed is geïnformeerd.'
Vledder trok een bedenkelijk gezicht.
'Ik heb er moeite mee,' reageerde hij bedachtzaam. 'Volgens mij bestaan er geen twee Mathildes de Graaf.'
'Hoe bedoel je?'
Vledder spreidde zijn handen.
'Een Mathilde de Graaf die een gemene leugenachtige verklaring bij de zedenpolitie over mij aflegt... tevens het hoertje van nota bene drie directeuren tegelijk...'
'En,' vulde De Cock glimlachend aan, 'een keurige en oppas-

sende intelligente dochter, pronkstuk van haar liefhebbende vader. Smalle Lowietje sprong bijna uit zijn vel toen ik hem vroeg of ze wel eens op de Wallen had gezeten.'
Vledder schudde zijn hoofd.
'Dat past toch ook niet.'
De Cock lachte.
'Er moet een combinatie zijn waarin die schijnbaar tegengestelde eigenschappen wel passen.'
'Ik zie die combinatie niet,' reageerde Vledder nukkig. Toen bleef hij abrupt staan. 'Is het niet mogelijk dat Smalle Lowietje ons met opzet een verkeerd beeld van die vrouw schetst?'
'Waarom zou hij?'
'Geen idee.'
De Cock schudde zijn hoofd.
'Zolang ik Smalle Lowietje ken heeft hij mij nog nooit met opzet bedrogen of valse informatie verstrekt.'
Vledder snoof, hij wilde doorlopen, maar De Cock maakte geen aanstalten.
'De tengere caféhouder blijft in hart en ziel een jongen van de penoze,' zei Vledder een beetje minachtend.
Voortgestuwd door een stel opgewonden Oost-Europeanen, liep De Cock door.
'Sommige mensen,' sprak hij gedragen, 'verdienen na jaren van gedrag en houding jouw vertrouwen. Wanneer je dat vertrouwen zonder aanwijsbare redenen verliest, mis je de basis van je leven.'
'Dat klinkt prachtig,' grinnikte Vledder.
'Ik meen het.'
Vledder spreidde zijn armen.
'Jij gaat door het verhaal van Smalle Lowietje in een kuise en onbezoedelde Mathilde geloven?'
De Cock trok zijn schouders op.
'Kuis en onbezoedeld... hoe gebruik je deze begrippen? Waar hebben we het over in deze omgeving.' Hij zweeg even. 'Ik vraag mij af hoe jij en ik over Mathilde de Graaf denken wanneer wij deze zaak tot een oplossing hebben gebracht.'
'Wat verandert er dan?'

De Cock zuchtte.
'Ik hoop dat wij dan alle facetten kennen om tot een juist oordeel te komen.'
Vledder versnelde zijn pas.
'Ik heb mijn oordeel al klaar,' riep hij venijnig. 'Mathilde de Graaf is een leugenachtige slet.'
De Cock had geen zin verder op het onderwerp in te gaan. Nors dook hij diep in zijn kraag. Voor Vledder een teken dat het gesprek beëindigd was.
Via de Korte en de Lange Niezel liepen ze naar de Warmoesstraat.
Toen ze de hal van het politiebureau binnenstapten wenkte Jan Rozenbrand De Cock met een kromme vinger.
De oude rechercheur liep op hem toe. 'Ben je er nog? Weet je hoe laat het is?'
'En jij dan, De Cock, jij bent ook al zowat twaalf uur in de weer.'
'Wat is er?' vroeg De Cock, die het daar niet over wilde hebben.
Jan Rozenbrand zuchtte.
'Ik ben blij dat jullie er eindelijk zijn. Er kwam ongeveer een halfuurtje geleden een bericht binnen van een vrouw, die hortend en stotend vertelde dat zij haar nieuwe vriend dood in zijn woning had aangetroffen.'
'Verder?'
'Omdat haar verhaal nogal verward en onsamenhangend over kwam, heb ik een surveillancewagen naar de Herengracht 1384 gestuurd.'
'Heb je al reacties?'
De wachtcommandant wees naar de telefoon.
'Ik kreeg zojuist de melding binnen van de bemanning van de surveillancewagen, dat op het genoemde adres – een fraai grachtenpand – inderdaad een dode man was.'
De Cock trok een grijns.
'Vredig gestorven?'
Jan Rozenbrand schudde zijn hoofd.
'Vermoord.'

Op de gladde houten steiger achter het politiebureau stapten De Cock en Vledder in hun oude Golf. Vanaf de Oudebrugsteeg reden ze rechts de rijbaan van het Damrak op. Het regende nog steeds. Vledder deed de ruitenwissers aan.

De Cock zakte ver onderuit. De oude rechercheur meed zo veel mogelijk het uitzicht op de zwiepende ruitenwissers. Ze hadden op hem een bijna magische invloed. Wanneer hij bleef kijken had hij de onbedwingbare neiging om de zwaaiende ruitenwissers met zijn ogen te volgen tot zijn pijnlijke nekspieren het begaven.
Hij blikte schuin omhoog.
'Zegt jou het adres Herengracht 1384 iets?'
Vledder schudde zijn hoofd.
'Maar ik heb al mijn aantekeningen van vandaag nog niet helemaal kunnen uitwerken. Misschien kom ik het adres nog wel ergens tegen.'
De Cock trok zijn wenkbrauwen samen.
'Het komt mij bekend voor. Het adres sluimert ergens in mijn achterhoofd.'
Vledder gromde.
'We hebben er al één op onze nek. Kunnen we een nieuwe moord nog wel gebruiken?'
De Cock grijnsde.
'Dat wordt wel lastig. Misschien moeten we aan Buitendam om assistentie vragen. Of we moeten er een andere dienst mee opzadelen.'
'Hoe?'
'Als er seks in het spel is.'
Vledder glimlachte.
'Schuiven we de moord naar de zedenpolitie.'

Op de Herengracht parkeerde Vledder hun Golf pal achter de surveillancewagen met zwaailicht. Ze stapten uit. Vanachter het stuur van de surveillancewagen kwam een jonge diender. Hij liep voor om de wagen heen en wees naar een jonge vrouw op de achterbank.

'Zij heeft het lijk ontdekt en de politie gebeld,' sprak hij zonder inleiding tegen De Cock en Vledder. 'Ze had een sleutel van het pand... gekregen van die dode man. Dan hoefde ze niet te bellen. Die sleutel heb ik onder mij genomen. Ze heet Andrea van Loosduinen. Ik zal haar naam en adres en de inbeslagneming van de sleutel in een proces-verbaal vermelden. Aan een echt verhoor van haar heb ik mij maar niet gewaagd. Dat laat ik liever aan jullie over.'
De Cock glimlachte.
'Keurig. Waar is jouw collega?'
De diender wees schuin omhoog naar een groene halfopen deur op een verlicht bordes.
'Boven, bij het lijk. We hebben de meute al voor u gewaarschuwd.'
De Cock liep aan de jonge diender voorbij en beklom vermoeid de stenen treden van het bordes. Vledder volgde lichtvoetig. Het moest niet makkelijk zijn voor zijn oude collega, zo'n lange dag in touw... en niet eens een fatsoenlijke maaltijd. Hij voelde aan zijn maag en liep achter De Cock aan door de hal van het fraaie grachtenpand, een marmeren gang door met ook hier wulpse engeltjes aan het plafond. Midden in die gang, bij een open deur, stond een wat oudere diender. Ter begroeting tikte hij even aan zijn pet. Daarna wees hij in het vertrek naar de rug van een man, die in een leren fauteuil voor een monumentale schouw zat.
'Ik ben maar niet dichterbij gekomen om geen sporen uit te wissen. De jonge vrouw die hem vond, zei dat de man niet meer leefde. Daar ben ik maar van uitgegaan. Ik heb hem ook niet meer zien bewegen.' Hij grinnikte alsof hij net een grap had verteld. 'Die twee stokjes op zijn rug zijn volgens mij van het koord waarmee hij is gewurgd.'
De Cock knikte.
'Goed opgemerkt,' sprak hij lovend, waarna hij het vertrek betrad.
Vledder liep hem op zijn tenen na. De Cock slofte voorzichtig om de leren fauteuil heen en keek strak in het dode gelaat van het slachtoffer. Het was geen prettige aanblik. Het gezicht was

door de strangulatie gezwollen. De wijd opengesperde ogen staarden in het niets en de tong stak half uit de mond.
Vledder, achter hem, hijgde in zijn nek.
'Het is die Van Maathuizen van modehuis Verbruggen.'
De Cock knikte.
'Met een recept op een van de revers van zijn colbert.'

Bram van Wielingen kwam met zijn aluminium koffertje in de hand dreunend het vertrek in.
De Cock keek hem verwonderd aan.
'Ben je er nu al?'
Bram van Wielingen knikte.
'Ik was net klaar met fotograferen bij een forse kraak op de Vijzelgracht toen de melding van deze moord binnenkwam. En hier ben ik, want eigenlijk wil ik zo wel naar huis.' Het klonk niet aardig.
Hij zette zijn koffertje in een lege fauteuil en liep naar het slachtoffer.
'Verrek,' riep hij getroffen, 'deze heeft ook een recept opgeprikt gekregen.'
Hij boog zich iets naar het slachtoffer toe.
'Pede poena claudo,' las hij hardop. Hij kwam weer overeind en keek naar De Cock.
'Dezelfde tekst als gisteren.'
De oude rechercheur knikte.
'Alleen staat er nu na het Latijnse pede poena claudo: *Dit is de tweede*. Ook de rest van de tekst is aangepast. Daar staat nu: *Ook deze vent is door mij persoonlijk met plezier gewurgd. Zodat ook zijn verrotte ziel tot in eeuwigheid in de hel kan branden*.'
Bram van Wielingen grinnikte.
'Een simpele ziel.'
'Wie?'
'De dader. Hij of zij had toch wel wat meer variatie in die tekst kunnen aanbrengen.'
De Cock gromde.
'En liefst ook wat meer informatie... waarom had het slachtoffer een verrotte ziel en waarom moet hij tot in eeuwigheid in de hel branden?'

Bram van Wielingen gniffelde.
'Als hij je het motief op een briefje gaf, had jij het een stuk makkelijker. De dader had dan net zo goed zijn volledige naam op het recept kunnen vermelden.'
De Cock trok een grijns.
'Ja, Bram, en het allerliefst heb ik dat de dader na zijn daad geduldig naast het lijk van zijn slachtoffer blijft staan tot ik ter plaatse ben en dan luid roept: mijn naam is Piet Jansen en ik heb deze man vermoord. Hier hebt u het pistool waarmee ik hem door zijn hersens schoot.'
Bram van Wielingen liep naar zijn koffertje en pakte zijn Hasselblad.
'De Cock,' zei hij, 'en weet je wat mijn wens daarbij is?'
'Nou...'
'Dat dat om vijf uur 's middags is! Want het is toch weer bar vanavond. Maar goed, als moordenaars niet meer zo geheimzinnig hun identiteit mogen versluieren, dan hadden we geen rechercheurs meer nodig. En van jou had ik dan helemaal geen last meer.'
De Cock liep grommend bij Bram van Wielingen vandaan en slofte naar Vledder, die in een hoek van het vertrek de inhoud van een secretaire doorzocht.
'Al wat gevonden?'
Vledder zuchtte. 'Als ik al de paperassen uit deze secretaire zou moeten doorsnuffelen, had ik minstens een maand nodig.'
De Cock gebaarde om zich heen. 'Neem jij het hier verder over. Niemand heeft me hier nodig. Vraag of Bram van Wielingen het receptenbriefje met een pincet in een schone envelop wil stoppen. Geef het hem niet mee.'
Vledder schudde zijn hoofd.
'Geen jodiumdampen en geen onderzoek?'
De Cock maakte een afwerend gebaar.
'Jodiumdampen vernietigen misschien juist die dingen die ik hoop te vinden.'
'En dat is?'
De Cock wreef met zijn vlakke hand nadenkend over zijn brede gezicht.

'Ik wil,' formuleerde hij voorzichtig, 'bij de mensen van het gerechtelijk laboratorium in Rijswijk eens informeren of er een mogelijkheid bestaat om via dat briefje een... eh, een DNA-profiel van de dader te maken.'
Vledder trok een denkrimpel in zijn voorhoofd.
'Ze kunnen veel, maar van zo'n papiertje?'
De Cock trok zijn schouders op.
'We kunnen het ze toch vragen.'
Vledder fronste zijn wenkbrauwen.
'Van minuscule hoeveelheden zweet of lichaamsvet kan dat tegenwoordig. Je hebt gelijk. Laten we het proberen. Mogelijk heeft de dader tijdens het schrijven van de tekst toch het papier geraakt zonder er vingerafdrukken op achter te laten.'
'Maar wel zweet en vet,' antwoordde De Cock. 'In minuscule hoeveelheden.'
Hij draaide zich om en beende in de richting van de deur zonder Van Wielingen te groeten.
Vledder liep achter hem aan.
'Waar ga je heen?'
De Cock glimlachte.
'Ik heb het hier wel gezien. Doe dokter Den Koninghe als hij komt van mij de hartelijk groeten.'
Vledder stak zuchtend zijn armen omhoog.
'Waar ga je op dit uur van de dag nog heen?' riep hij vertwijfeld.
De Cock duimde over zijn schouder.
'Ik neem die vrouw op de achterbank van de surveillancewagen met onze Golf mee naar de Warmoesstraat om haar te verhoren.'
Vledder keek hem geschrokken aan.
'Je lijkt wel gek!'
'Wat nou weer... Is daar iets verkeerds aan?'
Vledder zuchtte.
'Je weet wat er met mij is gebeurd,' sprak hij waarschuwend. 'Pas maar op, dat die vrouw ook jou na de rit niet van verkrachting beschuldigt.'

9

De Cock hield niet van autorijden. En zeker niet in het donker. Hij had al de grootste moeite om de achteruit van de Golf te vinden. Toen hij eindelijk van de voor hem staande surveillancewagen was bevrijd, reed hij in de verkeerde versnelling van de Herengracht weg. Het was niet druk in de stad. Van een gesprek met de vrouw was in de auto geen sprake, waarschijnlijk was zij net zo blij als De Cock dat ze zonder deuken of butsen de houten steiger achter de Kit bereikten.
In de hal van het politiebureau aan de Warmoesstraat was het op dit uur een drukte van belang. Dronken sloebers, beroofde toeristen en mensen die het bureau als nachtelijk vvv-kantoor zagen, vochten om voorrang aan de balie. De wachtcommandant beheerste de situatie als een kostschooldirecteur.
De Cock loodste de jonge vrouw door de krioelende massa de trap op naar de eerste verdieping. In de grote recherchekamer liet hij haar op de stoel naast zijn bureau plaatsnemen. Bij de kapstok trok hij kalm zijn regenjas uit en zette zijn oude hoedje af. Hij slofte terug naar zijn bureau. Het was rustig in de recherchekamer. Toen hij op zijn stoel zat, nam hij de tijd om de vrouw eens goed in zich op te nemen. Tijdens de rit vanaf de Herengracht had hij geen woord met haar gesproken en zij had hem ook niets gevraagd. Vermoedelijk had ze hem tijdens zijn gestuntel op de weg niet willen storen.
Ze zag er vermoeid en bleek uit. Hoe kon het anders, na de ontdekking van haar dode vriend, het wachten in de surveillancewagen. Het felle licht in de recherchekamer was onbarmhartig, maar ze was, ondanks het felle licht en het late uur, zo constateerde De Cock met genoegen, een mooie jonge vrouw van een bijna klassieke schoonheid. Hij schatte haar op achter in de twintig. Ze had mooi, lang, golvend blond haar dat tot haar schouders reikte. Haar lichtbruine ogen in het hartvormige gezicht vormden een opwindend contrast met het blonde haar.

De vrouw onderging de tastende blik van de grijze speurder gelaten, zonder enig protest in houding of gebaar. Vermoedelijk was ze eraan gewend dat mannen haar starend observeerden.
Na een tijdje verscheen er in het licht van haar zachtbruine ogen een kleine verandering.
'Dat... eh, dat ik hier boven bij u zit,' vroeg ze met enige aarzeling, 'betekent dat mijn arrestatie?'
De Cock schudde zijn hoofd.
'Absoluut niet. Ik kan geen enkele wettelijke grond bedenken om u in arrest te nemen.'
Ze zuchtte diep.
'Goddank.' Het kwam uit de grond van haar hart.
De oude rechercheur schonk haar zijn beminnelijkste glimlach.
'Uw naam is Andrea van Loosduinen?'
De jonge vrouw knikte.
'Dat heb ik al aan die agent opgegeven. Hij was heel vriendelijk en attent. Hij heeft ook mijn geboortedatum en adres opgeschreven.'
De Cock glimlachte opnieuw.
'U bent voor ons een belangrijke getuige,' sprak hij vriendelijk. 'Daarom wil ik ook nu, op dit late uur, nog met u spreken. Neemt u me dat niet kwalijk.'
Andrea schudde haar hoofd.
'De heer Van Maathuizen is op een gruwelijke wijze in zijn woning van het leven beroofd en u hebt die moord ontdekt.'
Andrea liet haar hoofd op haar borst zakken. Haar blonde haren gleden als een gordijn voor haar gezicht.
'Het was een verschrikkelijke ervaring,' sprak ze zacht. 'Ik zal dit nooit vergeten.' Ze keek weer op en haar haren gleden langzaam terug. Het fascineerde De Cock.
'Antonie zag er vreselijk uit,' ging ze verder, 'die dode ogen, dat opgeblazen gezicht en die uitstekende tong. Ik heb een tijd lang bij zijn stoel staan gillen van verdriet en ellende. Ik was geschokt en verbijsterd. Het heeft even geduurd voor ik tot het besef kwam dat ik werd geconfronteerd met een brute moord en dat ik de politie moest waarschuwen.'

De Cock knikte begrijpend.
'U moest uw emoties eerst verwerken.'
'Precies.'
De Cock schoof zijn hand over het bureau in haar richting.
'U was in het bezit van een sleutel van het huis van de heer Van Maathuizen?'
'Ja.'
'Allang?'
'Een maand of drie... vier.'
'Ik neem aan dat Antonie... zo heet hij toch...?'
'Ik zou niet anders weten,' antwoordde Andrea wat onzeker.
'...dat Antonie u de sleutel van zijn woning persoonlijk heeft gegeven?'
Andrea van Loosduinen knikte. Ze glimlachte met vrolijk opkrullende mondhoeken.
'Antonie was een bijzondere man. Hij genoot ervan als hij mijn voetstappen in de marmeren gang van zijn huis hoorde naderen. Dat tiktak van mijn hakken op het bleke marmer gaf hem een prikkelend gevoel.'
De Cock knikte begrijpend.
'Vandaar die sleutel. Hij liet zich elke keer als het ware verrassen door uw komst.'
'Inderdaad.'
Het gezicht van De Cock versomberde.
'Hij heeft dit keer uw voetstappen niet gehoord,' sprak hij met medeleven.
Andrea schudde haar hoofd, waarbij haar blonde haar sierlijk meegolfde.
'Een of andere dwaas heeft hem van het leven beroofd,' sprak ze somber. 'Hij zal nooit meer naar mijn voetstappen kunnen luisteren.'
Cock nam uit eerbied voor de dood een kleine pauze.
Andrea zat er met haar bleke gezichtje bij als een zielig hoopje mens. Ze frommelde in haar tasje en trok er een zakdoekje uit tevoorschijn waarmee ze haar ogen depte. Het leek of het gebeuren van die avond opnieuw tot haar doordrong.
De Cock realiseerde zich wat het voor de vrouw betekende.

Eerst de ontdekking van haar vermoorde vriend en nu dit late verhoor in een helverlichte kille ruimte. Toch ging hij rustig verder.
'Hebt u... eh, hebt u ook vanavond die sleutel gebruikt om binnen te komen?'
'Nee.'
'Hoe bent u dan binnengekomen?' vroeg hij vriendelijk.
'De buitendeur stond op een kier.'
'Dat verbaasde u?'
'Zeker.'
De Cock keek haar schattend aan.
'Dat was al die tijd dat u Antonie kende nooit eerder voorgekomen?'
'Nee.'
'Ik bedoel, voor hij u die sleutel gaf, liet hij de deur niet op een kier staan... om het binnenkomen voor u gemakkelijker te maken?'
Andrea schudde haar hoofd.
'Absoluut niet. Die deur stond nooit op een kier. Toen ik die open deur ontdekte, ben ik enige tijd boven op het bordes blijven staan. Ik dacht eerst aan inbrekers. Ik heb die deur daarom goed bekeken, maar daar mankeerde niets aan. Volkomen gaaf. Uiteindelijk ben ik maar naar binnen gegaan. Het licht in de marmeren gang brandde niet. Dat vond ik ook vreemd. Antonie zorgde er altijd voor dat er licht was, ook in de hal.'
'Hebt u verder nog bijzonderheden opgemerkt?'
'Het licht in de woonkamer van Antonie brandde wel,' antwoordde Andrea mat. Ze pakte het zakdoekje en snoot haar neus.
'Wat hebt u gedaan nadat u had ontdekt dat de heer Van Maathuizen was vermoord?'
Andrea maakte een hulpeloos gebaar.
'Ik kan u echt niet precies vertellen hoelang het heeft geduurd voor ik weer goed kon nadenken en besloot de politie te bellen. Mijn mobieltje heb ik altijd in mijn tas. Ik ga altijd 's avonds om negen uur naar Antonie. Hier aan de Warmoesstraat zal men zeker hebben genoteerd wanneer mijn melding binnenkwam.

U kunt zo wel nagaan hoelang het duurde voor ik de politie belde.'
'Wat hebt u gedaan na dat telefoontje?'
Andrea verschoof iets op haar stoel.
'Ik ben naar buiten gegaan, het was te erg om in die kamer te blijven. Op het bordes heb ik gewacht tot een politiewagen verscheen. Een jonge politieman liet mij op de achterbank plaatsnemen.'
De Cock leunde iets achterover.
'Hoe zou ik uw relatie met de heer Van Maathuizen moeten typeren?'
Andrea keek hem aan. Om haar mond gleed een flauwe glimlach.
'In het normale spraakgebruik noemt men onze relatie een verhouding.'
De Cock grijnsde.
'Met alles wat daar zo aan kleeft?'
'Dat woord "kleven" vind ik ongepast,' zei Andrea met afkeer in haar stem. 'Het klinkt zo negatief. Zo was onze verhouding niet. Er kleefde niets. Ik was erg op Antonie gesteld. Ik leefde ook in de overtuiging dat hij van mij hield. Wanneer dit verschrikkelijke niet was gebeurd, zou onze verhouding zeker tot een huwelijk hebben geleid.' Ze vertrok haar gezicht smartelijk.
'Hoe hebt u hem leren kennen?'
'Bij ons op kantoor.'
'En dat is?' vroeg De Cock met gefronste wenkbrauwen.
'Ik werk al jaren op het kantoor van het modehuis Gerbrandsen aan de Singel. Antonie van Maathuizen kwam daar regelmatig. Op een dag nodigde hij mij uit voor een toneeluitvoering in de Stadsschouwburg.'
'En daarmee is het begonnen?'
'Inderdaad,' knikte Andrea. 'Het was het begin van de gelukkigste tijd van mijn leven.' Ze zuchtte en depte weer haar ogen.
De Cock boog zich iets naar voren.
'Waarom kwam de heer Van Maathuizen regelmatig op het kantoor van het modehuis Gerbrandsen? Ik heb begrepen dat

die twee modehuizen elkaar beconcurreren.'
'Er waren plannen voor een fusie.'
'Een fusie?' De Cock speelde verbazing.
Andrea knikte nadrukkelijk.
'Ik mag er eigenlijk niets over zeggen, maar er waren... er zijn... plannen... Nadat de heer Verbruggen zich uit de zaak zou terugtrekken, wilden ze de activiteiten van de twee modehuizen verenigen.'
De Cock hield zijn hoofd iets scheef.
'Had de heer Verbruggen te kennen gegeven dat hij zich uit de zaak wilde terugtrekken?'
Andrea trok onwillig haar schouders op.
'Er waren symptomen. De heer Verbruggen werd ouder en bemoeide zich niet zoveel meer met de gang van zaken. Er waren ook strubbelingen. Antonie kon zich allang niet meer vinden in de strategie van Verbruggen.'
'Welke rol speelde de heer De Klerk in die strubbelingen tussen Verbruggen en uw Antonie?'
'Geen enkele.'
'Had hij geen belangen?'
'Daar heeft hij in elk geval nooit iets van laten merken.' Ze pakte een nieuw zakdoekje uit haar tas en liet een snik horen.
De Cock nam weer een korte tactische pauze.
'Tot slot een indiscrete vraag,' vroeg hij toen voorzichtig. 'In verband met ons onderzoek naar de moord op de heer Verbruggen, werd ons op het kantoor van dat modehuis ingefluisterd dat uw Antonie een verhouding zou hebben met de secretaresse van wijlen de heer Verbruggen. Is u daar iets van bekend?'
Andrea van Loosduinen keek hem aan. Haar mond verkrampte. Haar lippen vormden een harde lijn.
'Dat hoertje.' Haar stem trilde van minachting.

Vledder kwam de grote recherchekamer binnenstappen en blikte om zich heen.
'De Cock,' riep hij bestraffend, 'zit jij hier nog? Is zij al weg?'
'Je bedoelt Andrea van Loosduinen?'

'Die vrouw die we op de achterbank van de surveillancewagen aantroffen.'
De Cock wuifde in de richting van de deur.
'Ik heb haar heel betrouwbaar door een paar oudere dienders naar huis laten brengen.'
Vledder liet zich met een plof in de stoel achter zijn bureau zakken.
'Het was wel wat erg laat voor een verhoor, en zo kort op haar ontdekking! Wist ze iets?'
'Veel,' bromde De Cock.
'Hebben we er wat aan voor ons onderzoek?'
'Mogelijk,' zei De Cock. 'Dat zal nog moeten blijken. Ze was geschokt en bedroefd. Maar vertel hoe het jou is vergaan.'
Vledder trok zijn schouders op.
'De gebruikelijke ceremonie. Dokter Den Koninghe constateerde op zijn laconieke wijze de dood van de heer Van Maathuizen en het lijk wordt door de broeders naar het sectielokaal op Westgaarde gebracht.'
De jonge rechercheur schudde grinnikend zijn hoofd.
'Ik heb de ambulancewagen met het lijk niet nagestaard, zoals jij gewoonlijk doet.'
De grijze speurder reageerde met een brede grijns.
Vledder nam een envelop uit de binnenzak van zijn jack en wierp die De Cock toe.
'Het receptenbriefje van de revers van de heer Van Maathuizen. Van Wielingen had er begrip voor dat je het briefje dit keer niet onder jodiumdampen wilde laten houden.'
'Heeft Den Koninghe nog iets gezegd over het tijdstip van overlijden?'
'Hooguit twee uur voor het werd ontdekt.'
De Cock fronste zijn wenkbrauwen.
'Kort. Heel kort. Net zo kort als bij de moord op Verbruggen.'
Vledder knikte instemmend.
'We hebben ook vrijwel zeker met dezelfde dader van doen.'
De jonge rechercheur boog zich iets naar voren.
'Wat wist Andrea van Loosduinen? Heeft ze jou tijdens de rit niet lastiggevallen?'

De Cock glimlachte.
'Ik heb de diender van de surveillancewagen in onze Golf meegenomen. Met haar achterin. Die diender heb ik later weer netjes naar de Herengracht terug laten brengen.'
'Laf, De Cock.'
'Voorzichtig,' antwoordde De Cock.
Vledder glimlachte.
'Nog eens... wat wist die Andrea?'
De Cock spreidde zijn handen.
'Ze was smoorverliefd op Van Maathuizen. Echte liefde, een innige verhouding die al enige maanden duurde. Daarom had ze ook de sleutel.'
'Heb je tijdens het verhoor Mathilde de Graaf nog ter sprake gebracht?'
'Ja.'
'En... wat zei ze?'
De Cock glimlachte.
'Dat hoertje.'
'Meer niet?'
'Maar wel op een toon vol minachting.'
'Ze wist van de verhouding tussen Mathilde de Graaf en Van Maathuizen?'
'Daarvan ben ik overtuigd,' sprak De Cock met korte knikjes. 'Haar reactie liet daarover geen enkele twijfel.'
'Wie zou haar hebben ingelicht?'
'Ik denk dat Mathilde de Graaf dikwijls het onderwerp van kantoorroddels is geweest. Wat denk je van een geniepig telefoontje van Anita de Reus, de receptioniste!'
'Kent die Andrea van Loosduinen?'
Als antwoord zei De Cock: 'Weet je waar Andrea van Loosduinen haar vriend Van Maathuizen heeft leren kennen?'
'Geen idee.'
'Op het kantoor van het modehuis Gerbrandsen,' sprak De Cock triomfantelijk.
Vledder reageerde verrast.
'Wat deed zij daar?'
'Daar werkt ze.'

'En Van Maathuizen?'
'Die kwam regelmatig op het kantoor van modehuis Gerbrandsen.'
'Waarvoor?'
De Cock grijnsde, stond op en liep naar de kapstok.
'Om een fusie tussen de twee modehuizen te bespreken... een fusie die tot stand moest komen wanneer de heer Verbruggen zich uit de zaak terugtrok.'
De jonge rechercheur keek De Cock met grote ogen aan en slikte.
'Of stierf.'
'En nu naar huis, Dick. Het is laat genoeg. Als jij morgenvroeg nou eens een uurtje later komt, dan ben ik mooi op tijd...'

10

Toen De Cock de volgende morgen ruim drie kwartier te laat de grote recherchekamer binnenstapte, vond hij Vledder achter zijn computer. De snelle vingers van de jonge rechercheur dartelden speels over de toetsen.
Eerst toen De Cock tegenover hem had plaatsgenomen, liet hij zijn vingers even rusten, schoof zijn computer iets opzij en keek op.
'Ik was hier op de normale tijd,' schamperde hij.
De Cock knikte.
'Heel goed, Dick, maar ik stap 's morgens voor negen uur niet meer in de tram.'
'Waarom niet?'
'Veel te druk. Ik ben al een paar keer voor negen uur in een overvolle tram door zwaarlijvige vrouwen volledig in elkaar geplet. Onder dezelfde fysieke druk ben ik zelfs al eens in ademhalingsmoeilijkheden geraakt.'
Vledder lachte.
'Smoesjes, De Cock. Maar het zij je vergeven. Als ik zo oud ben als jij hoop ik wel iets leukers te doen dan me 's morgens tussen twee dikke dames te laten pletten.'
'Als jij je kruit dan niet al verschoten hebt, huh, huh,' zei De Cock met een gespeeld valse grijns. 'Nee, ik was het gisteravond laat echt spuugzat, niet meer gemotiveerd en te lui om je nog van repliek te dienen. Ik meende dat je zoiets zei van "of stierf". Het klonk nogal geëmotioneerd. Wat bedoelde je daar precies mee?'
'Luister. Het is duidelijk dat Charles Verbruggen voor een fusie tussen de modehuizen een hinderpaal was, een waar struikelblok. Ik heb in zijn fraaie, in leer gebonden agenda gesnuffeld. Ongeveer een week voor zijn dood schreef hij: Van Maathuizen en Gerbrandsen sturen aan op een fusie, een stiekem gedoe waarover ik Van Maathuizen zal onderhouden.'

De Cock wreef even over zijn brede kin.
'Verbruggen wist dus van die fusieplannen.'
Vledder knikte.
'Van Maathuizen en Gerbrandsen konden of wilden die fusie niet aangaan voordat Verbruggen uit de zaak was. Toen bedacht ik: of stierf. En dat zei ik gisteravond.'
De blik van De Cock verhelderde.
'Je bedoelt dat zowel Gerbrandsen als Van Maathuizen belang had bij zijn dood.'
'Een motief voor moord,' zei Vledder beslist.
'Maar,' vervolgde hij en klopte een paar keer op zijn bureaublad, 'vannacht, tijdens een kort helder moment toen ik er even uit moest, besefte ik dat de moord op Van Maathuizen niet past in dat motief.'
De Cock glimlachte.
'Zonder Van Maathuizen geen fusie.' De grijze speurder zweeg even. 'Wat ik mij nu ineens bedenk... Rudolf Gerbrandsen heeft tijdens zijn verhoor met ons nooit over een fusie gesproken.'
Vledder trok achteloos zijn schouders op.
'Dat kunnen we hem alsnog vragen. Misschien kent hij bijzonderheden over de fusie die voor ons onderzoek naar de dood van Van Maathuizen van belang zijn.'
De Cock knikte.
'Dan gaan wij straks naar hem toe.'
'Wie heeft er belang bij dat Charles Verbruggen van het toneel verdween, en dat er geen fusie tussen de modehuizen tot stand kwam?' vroeg Vledder zich hardop af.
'Je bedoelt,' vroeg De Cock, 'wie heeft een motief voor deze moorden?'
'Precies.'
De Cock trok zijn kin iets op.
'Directeur De Klerk? Wat weten we van die vent? Niet veel meer dan dat Anita de Reus een spiegel in zijn privékantoor liet ophangen.'
Vledder grinnikte.
'Zodat Mathilde de Graaf zich na haar bezoek uiterlijk ongeschonden aan het publiek kon vertonen.'

‘Indachtig de uitbundige kreten van Anita de Reus, de receptioniste van het modehuis Verbruggen, wordt het ook tijd dat wij die Mathilde samen nog eens onder verhoor nemen... over haar min of meer intieme verhoudingen met Van Maathuizen en De Klerk,’ vond De Cock.
Vledder deed of hij zijn keel schraapte. ‘Eh... en haar klacht bij de zedenpolitie over mijn... eh, mijn ongewenste intimiteiten.’
‘Dat laten we buiten beschouwing, Dick,’ sprak De Cock hoofdschuddend. ‘Neem jij straks contact op met Anita de Reus en vraag of Mathilde alweer op kantoor is verschenen.’
Vledder glimlachte. ‘Dat doe ik met plezier. Misschien heeft ze nog een paar pittige opmerkingen voor mij in petto.’
De jonge rechercheur zweeg even en tikte met een grijns tegen de zijkant van zijn computer.
‘Jij zult er toch aan moeten geloven.’
De Cock keek hem niet-begrijpend aan.
‘Waaraan?’
‘De computer. Het verhoor van Andrea van Loosduinen heb jij gisteravond alleen gedaan. Daar was ik niet bij. Ik kan dat verhoor moeilijk voor jou schrijven.’
De Cock stak in wanhoop zijn twee brede handen omhoog, tikte zijn korte te dikke vingers tegen elkaar en toonde ze daarna met de toppen naar voren aan Vledder.
‘Volkomen ongeschikt voor de kleine toetsjes van een computer. Dat heet fysieke onmacht. Ik dicteer jou dat verhoor wel.’
Vledder schudde zijn hoofd.
‘Ik ben niet verantwoordelijk voor jouw ambtseed.’
De telefoon op het bureau van De Cock rinkelde. Vledder boog zich zoals gewoonlijk ver naar voren om de hoorn op te nemen.
‘Ouderwets rotapparaat,’ steunde hij voordat hij de hoorn tegen zijn oor hield.
De oude rechercheur lette scherp op de gelaatsexpressie van zijn jonge collega die luisterde. Hij wist bij welke uitdrukking er onheil dreigde.
Vledder hield zijn hand voor het spreekgedeelte.
‘Ik heb hier de wachtcommandant aan de lijn. Beneden voor de balie staat een man die jou wil spreken.’

'Wie is het?'
'De Klerk.'
De man, die na een schuchter kloppen in de deuropening van de grote recherchekamer verscheen, was kaalhoofdig, klein van gestalte en had een ietwat corpulente habitus. Met korte driftige pasjes kwam hij naderbij. De man moest achter in de veertig zijn, schatte De Cock. Voor een man in het modevak was hij slordig gekleed. Een blauwe spijkerbroek slobberde rond zijn knieën en het leren jack dat hij droeg zat veel te krap om zijn in de jaren kennelijk uitgedijde lichaam.
Bij het bureau van de grijze speurder bleef de man wat verloren staan en keek aarzelend van De Cock naar Vledder en weer terug.
'Ik... eh, ik ben op zoek naar rechercheur De Cock,' sprak hij weifelend.
De oude rechercheur kwam uit zijn bureaustoel overeind en stak de man zijn hand toe.
'Mijn naam is De Cock met... eh, met ceeooceekaa,' reageerde hij vriendelijk. Hij gebaarde naast zich. 'En dat is mijn onvervangbare assistent, rechercheur Vledder.'
Na de handdruk wees hij naar de stoel bij zijn bureau. 'Neemt u plaats en vertel ons... met wie hebben wij het genoegen?'
De man ging wat ongemakkelijk zitten.
'Ik ben De Klerk... Christiaan de Klerk... onderdirecteur van het modehuis Verbruggen.' Hij zuchtte diep. 'En een man in nood.' Ongelukkig keek hij De Cock en Vledder aan.
'In welk opzicht?' vroeg De Cock vriendelijk.
De Klerk verschoof iets op zijn stoel.
'Ik ben geen streber... geen man die zo nodig op de voorgrond moet staan. Ik heb ook geen leiderscapaciteiten. Ik heb altijd moeite om anderen taken op te dragen. Ik ben gewoon een man die vol ijver en plezier zijn werk doet.'
'U sprak over nood,' zei De Cock.
De Klerk zuchtte nog eens, en het leek of hij bij het uitademen kromp.
'In twee luttele dagen zijn mij de beide mannen tegen wie ik aanleunde, ontvallen.'

'U bedoelt de heren Verbruggen en Van Maathuizen.'
De Klerk knikte en bleef met een gebogen rug zitten.
'Een ieder verwacht nu van mij dat ik de leiding van het modehuis op mij zal nemen. En voor die taak ben ik niet toegerust.'
De Cock keek hem onderzoekend aan.
'U kunt toch leunen op Mathilde de Graaf, de bekwame secretaresse van wijlen de heer Verbruggen?' Het was een typische reactie van De Cock, vond Vledder, die het niet altijd eens was met de verhoren van zijn oude collega en daarom meestal stil bleef luisteren.
'Die is er niet,' antwoordde De Klerk hoofdschuddend op de vraag.
'Nog steeds ziek?'
'Erger.'
'Wat bedoelt u?'
'Ze is gewoon verdwenen.'
De Cock keek verbaasd. 'Verdwenen?'
De Klerk knikte. 'Ze heeft haar koffertje gepakt en is weggegaan. Haar vrienden, bij wie ze een etage bewoont, weten niet waar ze is. Zelfs haar vader weet niet waar zij is. Hij heeft ook taal noch teken van haar vernomen. De brave man gaat gebukt onder die onzekerheid.'
'U bent bij hem geweest?'
'Ik ben naar hem in Hoorn gegaan.'
'Woont hij daar?'
'Ja. Ik dacht dat ze zich bij hem schuilhield en ik wilde haar verzoeken om weer naar kantoor te komen om mij te helpen. Zij was de enige mogelijkheid die ik zag om uit de ellende te komen. Ze kent ons bedrijf als geen ander.'
De Cock keek bijna medelijdend naar De Klerk.
'Mathilde de Graaf woont gewoon thuis bij haar vader in Hoorn?' vroeg De Cock.
'Ja, eh... nee, door de week woont ze in Amsterdam op een etage bij vrienden, in de Vierwindenstraat. Maar in de weekenden is ze in Hoorn bij haar vader. Het is onder meer mijn taak om de gegevens van het personeel bij te houden. Daardoor ken ik haar woonadressen.'

De Cock likte even aan zijn droge lippen.
'Had u een verhouding met Mathilde?'
Vledder grinnikte in zichzelf om deze vraag. Hij dacht aan de mooie Mathilde samen met deze slordige, sneue man. Maar het was De Cock die het verhoor deed en niet hij...
De Klerk schonk hem een droeve grijns.
'Ik weet dat er onder ons personeel wordt geroddeld, maar ik heb nooit gebruikgemaakt van de diensten van Mathilde de Graaf.'
'U bedoelt,' sprak De Cock met gefronste wenkbrauwen, 'dat Mathilde de Graaf zichzelf dienstbaar aanbood. Ik bedoel... presenteerde zij zich aan u als een soort prostituee in kantoortijd?'
Vledder draaide zich om, anders zou De Cock de lach op zijn gezicht zien. Hij vond het taalgebruik van zijn oude collega, hoe serieus ook bedoeld, niet van deze tijd en daardoor soms komisch.
De Klerk schudde zijn hoofd
'Het was een overeenkomst.'
'Met wie?'
'Met Charles Verbruggen.'
De Cock stak vertwijfeld zijn armen omhoog.
'Dat begrijp ik niet.'
'Het is ook een ongewoon verhaal,' zei De Klerk met een effen stem. 'Op een dag... nu alweer een paar jaar geleden... ontbood Charles Verbruggen mij en Van Maathuizen op zijn privékantoor. Daar zat ook Mathilde de Graaf. Charles Verbruggen vertelde dat hij van mening was dat wij ons op kantoor prettig zouden moeten voelen. Daarom... als de werkdruk te groot werd en wij behoefte hadden aan enige ontspanning, dan konden Van Maathuizen en ik – zonder tegenprestatie, dus zonder betaling – gebruikmaken van de diensten van Mathilde de Graaf... diensten, die zij alleen bij lichamelijk ongenoegen zou mogen weigeren.' Nog met het hoofd gebogen hief De Klerk zijn ogen naar de oude rechercheur.
De Cock staarde de man verbijsterd aan.
'Dat is niet waar!'
De Klerk trok zijn schouders iets op.

'Waarom zou ik hierover liegen?'
'Hoe reageerde Mathilde de Graaf hierop?' zei De Cock terwijl hij naar zijn hoofd greep.
'Zij reageerde in het geheel niet. Ze zat er bij alsof ze niet hoorde wat er gezegd werd.'
'Apathisch?'
De Klerk knikte.
'Ik had op dat moment diep medelijden met haar.'
De Cock kneep zijn ogen even dicht.
'U zegt nooit van haar dienst gebruik te hebben gemaakt?'
Christiaan de Klerk schudde zijn hoofd.
'Ik vertrouwde Charles Verbruggen niet.'
'Waarom niet?'
Christiaan de Klerk trok een grijns.
'Het was een typisch staaltje van zijn perverse geest. Ik heb nooit begrepen hoe hij die overeenkomst met Mathilde de Graaf heeft kunnen aangaan. Ik vond het een soort koehandel, waaraan ik niet mee wilde doen.'
De Cock glimlachte.
'Vond u Mathilde de Graaf geen aantrekkelijke vrouw?'
'Wellicht voor anderen...'
'Voor u niet?'
De Klerk reageerde niet direct. Hij keek De Cock een tijdje zwijgend aan.
'Ik val niet op vrouwen.'
De Cock knikte begrijpend.
'Hebt u later met Mathilde de Graaf nog over die vreemde overeenkomst gesproken?'
'Dat heb ik wel geprobeerd, maar Mathilde de Graaf was daarover niet toegankelijk.'
De Cock boog zich iets naar voren.
'Hoe reageerde Van Maathuizen, weet u dat?'
De Klerk trok zijn schouders op.
'Hij profiteerde wel van haar diensten. Voor hij die meid van het modehuis Gerbrandsen leerde kennen had hij vrij regelmatig lijfelijk contact met Mathilde.'
De Cock gebaarde in zijn richting.

'Met "die meid van het modehuis Gerbrandsen" bedoelt u Andrea van Loosduinen?'
'Ik ken haar naam niet.'
De Cock snoof.
'Misschien moet u haar wel spoedig in uw personeelsbestand opnemen.'
'Hoezo?'
'Na de fusie.'
De Klerk reageerde als door een wesp gestoken.
'Er komt geen fusie!' Hij schreeuwde en stond op van zijn stoel. 'Een fusie... nooit. Ik zal mij er met hand en tand tegen verzetten. Een fusie met het modehuis Gerbrandsen betekent de ondergang van ons bedrijf.'
De Cock glimlachte om de reactie.
'De heer Van Maathuizen was juist een warm voorstander van zo'n fusie.'
De Klerk ging grommend weer zitten.
'Antonie van Maathuizen... God hebbe zijn ziel... was een carrièrefreak, een fanaat, een fantast. Een man zonder scrupules, die je voortdurend "Hals- und Beinbruch" moest wensen.'
'Hals- und Beinbruch?' vroeg de Cock.
'Ja. Hij haalde zakelijk zulke capriolen uit dat je steeds verwachtte dat hij zijn nek brak. Maar wonderbaarlijk genoeg liep het altijd goed af, vaak ook omdat Verbruggen op tijd ingreep.'
'Een van de vele strubbelingen tussen die twee?' vroeg De Cock.
'Ze hadden voortdurend bonje. Antonie van Maathuizen was een vreemde vent. Hij had het hoog in zijn bol. Hij beklaagde zich er voortdurend over dat hij voor zijn veertigste nog geen miljonair was geworden.' De Klerk trok zijn gezicht strak nadat hij dat gezegd had. 'Toen ik,' ging hij verder, 'van het personeel hoorde dat Verbruggen was vermoord, dacht ik onmiddellijk aan Van Maathuizen.'
De Cock trok denkrimpels in zijn voorhoofd.
'Als dader?'
Christiaan de Klerk knikte overtuigend.
'In zijn hang naar macht en geld acht ik hem tot alles in staat.'

De Cock keek hem onderzoekend aan.
'Ook tot een moord op Charles Verbruggen?'
'Absoluut. Ik heb dat eerlijk gezegd al tijden verwacht. Na al die jaren van onmin, u merkte het zelf al op. Ze hadden voortdurend strubbelingen over de te volgen koers van het bedrijf. Dat Verbruggen hem nog steeds naast zich duldde, heeft mij altijd verbaasd.'
De Cock keek de man met een grijns aan.
'Van Maathuizen is dood... vermoord.'
'Hij heeft kennelijk een keer te hoog gegrepen,' was het snelle antwoord van De Klerk.
De Cock glimlachte fijntjes.
'Meneer De Klerk, die tegenstellingen tussen Charles Verbruggen en Van Maathuizen hebben u wel in een uiterst bevoorrechte positie gebracht.'
'Hoe bedoelt u dat?' vroeg de man wantrouwend.
'U bent gestegen in de hiërarchie. U bent alleenheerser van het modehuis Verbruggen geworden.'
De Klerk zuchtte.
'Ik dacht dat ik u al voldoende had uitgelegd dat ik daar niet blij mee ben.'
'Uw uitleg heeft mij niet overtuigd,' sprak De Cock hoofdschuddend.
De Klerk ging iets achteruit zitten. Een houding van afweer, vond Vledder, die het tafereel van achter zijn bureau volgde.
'U... eh, u gelooft mij niet. U gelooft niet dat ik de positie verfoei waarin ik terecht ben gekomen door de dood van Verbruggen en Van Maathuizen?'
'Integendeel,' zei De Cock, 'uw positie is de best denkbare in het modebedrijf Verbruggen. De aanvankelijke leider van dit bedrijf was een beul voor het personeel. Charles Verbruggen werd in het hele modewereldje als een onmogelijk mens gezien. Niemand zal zijn dood berouwen... ook u niet, heer De Klerk. De plotselinge dood van de heer Van Maathuizen brengt u niet in dalen van verdriet. Zijn dood betekent het einde van de plannen voor de door u zo vervloekte fusie met het modehuis Gerbrandsen.'
De Cock bracht een grijns op zijn gezicht.

'Als iemand,' formuleerde hij kalm en met overtuiging, 'belang had bij de dood van zowel de heer Verbruggen als van de heer Van Maathuizen, dan bent u dat... heer Christiaan de Klerk. Ondanks uw vele jeremiades hebt u zich heel sluw in een prachtige positie gemanoeuvreerd. Het kon niet beter. Voor de beide moorden had u ijzersterke motieven.'
De Cock pauzeerde. Hij strekte zijn armen naar de man uit.
'Christiaan de Klerk, ik zeg het u onomwonden: ik verdenk u van een dubbele moord.'
De man keek hem verbijsterd aan. Zijn ogen werden groot en zijn mond zakte open.
'U bent gek.'
Vledder was op zijn hoede. Je wist nooit waartoe een woedende, in het nauw gedreven man in staat was. Hij spande zijn spieren om De Cock eventueel te hulp te schieten.
Maar De Cock was kalm en knikte gelaten.
'Ik heb die kreet meer gehoord. U bent waarachtig niet de eerste die aan mijn verstandelijke vermogens twijfelt. En vermoedelijk bent u ook niet de laatste. Ik verzeker u echter dat mijn hersenen nog in een puike conditie verkeren en ik daag u uit mijn verdenkingen met feiten te weerleggen.'
Christiaan de Klerk zwaaide met zijn armen.
'Man! Je bent gek.'
'Dat onderwerp hebben we al uitgebreid behandeld,' gniffelde De Cock. 'Daar komen wij niet meer op terug. Nog eens... weerleg mijn verdenkingen met feiten, De Klerk.'
'Het is... het is onzin wat u beweert,' stamelde de man wanhopig. 'Het is klinkklare nonsens. Ik heb die mensen niet vermoord.'
De Cock maakte een vragend gebaar.
'U ontkent?'
'Ja. Natuurlijk ontken ik,' beet de man De Cock toe.
'Dat is geen weerlegging,' sprak De Cock kalm, 'van de feiten die ik u heb voorgelegd.'
De Klerk ramde met zijn vuist op het bureau van De Cock.
'Ik wil een advocaat!' schreeuwde hij.
De Cock zuchtte.
'Dat is wat alle moordenaars het eerste roepen.'

11

Vledder stond op en liep lachend naar De Cock.
'Het lukte niet. Je kwam er niet doorheen. Christiaan de Klerk brak geen moment. Hij bleef alleen maar eindeloos herhalen dat hij onschuldig was.'
De Cock maakte een berustend gebaar.
'Ik kan mijzelf niets verwijten. Ik heb mijn uiterste best gedaan om de waarheid te achterhalen.'
'Dat mag je wel zeggen,' gniffelde Vledder. 'Ik heb je zelden zo bezig gezien. Zo gedreven... alsof je een bekentenis uit die man wilde persen. Je ging me toch tegen hem tekeer. Allemachtig. Er was een moment dat ik de gedachte had dat jij waarachtig de moordenaar van Charles Verbruggen en Antonie van Maathuizen voor je had zitten.'
De Cock knikte.
'Ik wilde die indruk ook vestigen. Christiaan de Klerk moest de overtuiging krijgen dat ik onvoorwaardelijk in zijn schuld geloofde.'
Vledder keek hem bewonderend aan.
'Ik heb genoten van de opbouw van je verhoor. Heel goed. Heel gedegen met het aanvoeren van omstandigheden die De Klerk kwetsbaar maakten. Hij had voor zijn plotseling verkregen situatie in het modehuis in feite geen verdediging.'
De Cock schudde zijn hoofd.
'Maar concrete bewijzen tegen Christiaan de Klerk hebben we niet. Directe lijnen van hem naar de plek waar de slachtoffers zijn omgebracht – vingerafdrukken, bloed of andere sporen – zijn er niet... althans, die hebben wij niet kunnen ontdekken. Het enige wat ik tegen Christiaan de Klerk kon aanvoeren, was het feit dat hij van de beide moorden profiteerde. De moorden brachten hem voordeel, en zijn positie in het modehuis Verbruggen was door het wegvallen van de twee slachtoffers aanzienlijk gestegen.'

‘Volgens hem absoluut tegen zijn wil.’
‘Vermoedelijk is dat ook zo.’ De Cock zuchtte. ‘Ik ben uiteindelijk ook tot de slotsom gekomen dat Christiaan de Klerk de moorden op Charles Verbruggen en Antonie van Maathuizen niet heeft gepleegd. En dat hij inderdaad niets te maken heeft met deze moorden. Het feit dat hij zelfs in Hoorn bij de vader van Mathilde de Graaf op bezoek ging om zich van haar hulp te verzekeren, duidt er wel op dat er geen krachtige alleenheerser in hem schuilt. Hij is veel meer een vat vol onzekerheden.’
De oude rechercheur boog zijn hoofd en wreef zich een paar maal in de nek.
‘Ik heb hem uitgebreid mijn excuses aangeboden voor mijn gedrag jegens hem, dat ik hem zo hard had aangepakt. Ik heb hem zelfs tot buiten het bureau begeleid om hem duidelijk te maken dat hij echt vrij man is en dat ik hem niet langer verdenk.’
Vledder gromde.
‘Ik ben ervan overtuigd dat Christiaan de Klerk jouw felle beschuldigingen nooit zal vergeven en vergeten. Je hebt hem niet tot vriend gemaakt.’
De Cock trok zijn schouders op.
‘Ik neem het hem toch ook niet kwalijk dat hij mij voor gek versleet. Ik doe gewoon mijn werk. Wij proberen moorden op te lossen.’
‘Dat doen wij, ja,’ sprak Vledder achteloos. Hij ging op de stoel naast De Cocks bureau zitten. ‘Zouden ze op het kantoor van modehuis Verbruggen weten dat Christiaan de Klerk homo is?’ vroeg hij toen op een insinuerende toon.
De Cock schudde zijn hoofd.
‘Ik vermoed dat hij zijn geaardheid altijd keurig verborgen heeft gehouden.’ De grijze speurder gniffelde. ‘Anders had Anita de Reus, onze pientere receptioniste, geen spiegel in zijn kamer laten ophangen.’
Vledder boog zich over naar De Cock.
‘Ik zal nog eens diepgaand in die fraaie agenda van het slachtoffer Verbruggen snuffelen. Misschien vind ik bijzonderheden over die vreemde overeenkomst tussen Charles Verbruggen en Mathilde de Graaf.’

'Dat zal je niet lukken,' zei De Cock. 'Die overeenkomst werd jaren geleden gesloten. Als Verbruggen zijn oude agenda's heeft bewaard, hebben we een kleine kans. We moeten zijn persoonlijke bescheiden, zowel bij hem thuis als op zijn kantoor, nog eens doorworstelen. Misschien krijgen we dan een ander beeld van het gedrag van Mathilde de Graaf.'
Vledder reageerde misprijzend. 'Voor mij blijft ze een leugenachtig hoertje. Ik stel me zo voor dat Charles Verbruggen haar betaalde voor elke dienstbaarheid aan zijn mededirecteuren.'
De Cock plukte aan zijn neus.
'Dat geloof ik niet. Charles Verbruggen betaalde haar een vorstelijk salaris.'
'Misschien was de dienstbaarheid van Mathilde in dat vorstelijke salaris verdisconteerd.' Vledder had het duidelijk niet op de secretaresse.
'Dan zou haar vergaande dienstbaarheid aan de directeuren al hebben gegolden vanaf het moment dat zij bij het modehuis Verbruggen in dienst trad,' zei De Cock.
'Precies.'
De Cock maakte een afwerend gebaar.
'Zo zie ik dat niet. Ik heb de indruk dat het bekendmaken van de overeenkomst tussen Mathilde en de heer Verbruggen voor de mededirecteuren als een volslagen verrassing kwam.'
'Denk je?'
'We moeten dat nog eens goed natrekken. Volgens mij was Mathilde de Graaf op dat moment al enige jaren bij het modehuis in dienst.'
'Hoe je het ook wendt of keert,' zei Vledder, 'hoe graag jij haar ook als een kuise madonna wilt zien, Mathilde de Graaf heeft in de overeenkomst toegestemd.'
De Cock klemde zijn lippen opeen.
'De psychische druk van Verbruggen op zijn secretaresse moet gigantisch zijn geweest en onontkoombaar. De klap die zij Charles Verbruggen nog na zijn dood toediende, zat barstensvol venijn.'
De grijze speurder stond zuchtend op van zijn stoel en slofte naar de kapstok.

'Waar ga je heen?' vroeg Vledder.
De Cock draaide zich half naar hem om. 'Met jou een uitstapje maken naar Hoorn, naar de vader van Mathilde.'
Vledder keek hem met opgetrokken wenkbrauwen aan. 'Mathilde de Graaf is daar niet,' sprak hij als een schoolmeester.
De Cock glimlachte. 'Dat weet ik. Maar misschien kan ik haar vader bewegen om een verzoek tot opsporing van haar verblijfplaats te doen.'
'En dan?'
'Dan gaat de motor draaien.'
Op de houten steiger achter het politiebureau stapten ze in hun oude Golf. Vledder startte de motor maar reed niet weg. Hij blikte opzij.
'Weet je het adres in Hoorn te vinden? Ik heb haar toen wel naar de Vierwindenstraat gebracht, maar dat blijkt dus alleen haar doordeweekse adres te zijn.'
De Cock lachte.
'Toen zij zo enthousiast een aanval op jouw kuisheid deed, ja, ja. Probeer de stad eerst maar eens uit te komen richting Ring, en neem de A7 naar het noorden.'
De politiewagen zoefde met een tevreden motorgeluid over het asfalt. Op de grote weg trapte Vledder het gaspedaal flink in. Hij hoopte dat ze in Hoorn langs een broodjeszaak zouden komen. De Cock dacht er nooit aan dat de mens meer dan een cognacje nodig had om van te leven. Een fatsoenlijke lunch zat er niet in.
Hij genoot van het vlakke weidelandschap. Al die witte strepen in de lucht... Ze deden hem denken aan vakantie naar verre landen. Met Adelheid op een eenzaam wit strand...
Hij schrok op uit zijn overpeinzingen door een opmerking van De Cock.
'Je hoeft niet te rijden of je in een Ferrari zit! Dit is maar een gammele dienstwagen. Straks worden we nog aangehouden.'
'Ben je gek, die zitten aan de lunch!' Het klonk wat snerend.
'Toch mooi, Noord-Holland,' zei De Cock voordat hij zich onderuit liet zakken, met zijn handen voor zijn buik gevouwen, en zijn ogen sloot.

Toen De Cock merkte dat Vledder de wagen een scherpe bocht in stuurde, vroeg hij: 'Waar zitten we?'
'Dit is Hoorn, en nu?'
'Draai dan hier links de parkeerplaats bij het station op. Het is mooi weer. De rest lopen we.'
'Zo, jij gaat lopen, De Cock? Moet je trainen voor de Vierdaagse of zo?'
De Cock reageerde niet. Hij stapte uit de wagen en begon te lopen in zijn zo typische slenterpas.
Vledder kwam hem na.
'Ken jij de weg hier dan?'
'Een beetje. In mijn jonge jaren heb ik hier eens een meisje gekend. En de laatste jaren heb ik er wel eens een collega opgezocht die na zijn pensioen Amsterdam liever verwisselde voor het mooie plaatsje Hoorn. Kijk,' wees hij op een geweldige hoeveelheid fietsen op een langwerpig plein, 'dit was vroeger de veemarkt. Je ziet het nog aan de hekken waar die fietsen nu tegenaan staan. En aan de welvingen in het wegdek. Zo konden ze die koeienpoep makkelijk wegspuiten.'
Vledder had meer belangstelling voor de winkels.
Aan het eind van het plein sloeg De Cock rechtsaf, maar Vledder ontdekte een zaak waar hij snel naar binnen wipte en een broodje haring kocht. Al etend haalde hij De Cock in, die links afsloeg, de Grote Noord op. Het was er gezellig druk.
Vledder had net zijn broodje op toen hij luid riep: 'De Cock! Kijk nou!' Hij wees op de grote etalage van een boekwinkel. 'Daar lig jij... in grote stapels. Moet je zien.' Hij schaterlachte.
De Cock keurde de etalage geen blik waardig, hij liep onverstoorbaar verder, maar trok wel de kraag van zijn jas hoog op en drukte zijn oude hoedje tot diep over zijn ogen.
Mopperend wendde Vledder zich van de etalage af en volgde de oude rechercheur.
'Waarom doe je nou zo flauw en loop je door?'
De Cock mompelde wat onverstaanbaars. Het klonk niet aardig.
Toen ze na een zwijgende wandeling op een plein aankwamen met een groot standbeeld in het midden, hief de Cock zijn hoofd. Hij wees omhoog naar het beeld.

'Dat is Jan Pieterszoon Coen. Hij is hier geboren. Hij is de grondlegger van Batavia. Kijk, 1587-1629. Daar staat *Dispereert niet*, wanhoop niet, dat was zijn lijfspreuk.'
Vledder las de tekst op het voetstuk van de zeeheld, om De Cock even uit te laten puffen. *Het plein heet Roode Steen, genoemd naar de rode steen waarop vroeger terechtstellingen werden voltrokken. Ook is het plein het centrale punt van waar uit Hoorn zich heeft ontwikkeld.* Aardig plein, mooie panden, vond Vledder. Rechts van hen was het Westfries Museum, links de oude Waag.
'Mooi plaatsje, hè?' zei De Cock. 'Vroeger heel belangrijk. De haven lag op de route naar Amsterdam.'
'Oké, De Cock, mooi. Maar we zijn niet op excursie,' zei Vledder. 'Op naar vader De Graaf.'
Ze liepen verder, de Oude Havensteeg door en kwamen uit op de Vismarkt aan een stil water. Ze liepen eromheen en De Cock zei: 'Dit is het oudste deel van Hoorn. Als we zo de hoek om zijn zal ik je de Hoofdtoren laten zien, de ingang van de stad vanaf het water. En de scheepsjongens van Bontekoe. De schipper woonde daar,' en hij wees naar een huis met een koe hoog in de gevel.
Toen Vledder de schepen in de oude haven zag liggen, had hij geen belangstelling meer voor de verhalen van De Cock. En die scheepsjongens hoefde hij ook niet te zien.
De Cock had dat wel door. 'Hier gaan we linksaf langs het water. In dat buurtje moeten we zijn,' wees hij.
Vledder was blij dat ze er bijna waren.
Het huis lag aan een stil pleintje. En het juiste nummer hadden ze snel gevonden.
Vledder belde aan.
Het duurde enige tijd voor de deur werd geopend door een man die zwaar op een stok leunde.
De Cock schatte hem op achter in de vijftig. Hij had een vriendelijk open gezicht met vele rimpeltjes rond ogen en mond. Zijn dikke zilvergrijze haren golfden nog uitbundig.
Met een vragende blik in zijn grijze ogen keek hij van De Cock naar Vledder en weer terug.

De grijze speurder bracht zijn beminnelijkste glimlach.
'Mijn naam is De Cock. De Cock met... eh, ceeooceekaa.' Hij duimde opzij. 'Dat is mijn collega Vledder. Wij zijn als rechercheurs verbonden aan het politiebureau aan de Warmoesstraat in Amsterdam.'
De man schrok. 'Recherche?' vroeg hij.
De Cock knikte.
'U... eh, u bent meneer De Graaf... Herman?'
De man glimlachte.
'Goed geraden.'
De Cock gebaarde voor zich uit. 'Het staat op het naambordje naast uw deur. Maar via Smalle Lowietje van de Achterburgwal zijn we op uw naam gekomen. Hij sprak heel lovend over u... vond het jammer dat u naar Hoorn bent verhuisd en niet meer zo frequent in zijn etablissement komt. Hij had er wel begrip voor nu u wat minder valide bent geworden.'
De man grinnikte.
'U hebt zich goed laten voorlichten.'
'We willen even met u praten,' sprak De Cock vertrouwelijk.
De Graaf deed een stap opzij.
'Kom er in. Zin in een bak koffie?'
'Graag. Politiemensen zijn van nature koffieleuten.'
Herman de Graaf ging hen voor naar een gezellige huiskamer met in het midden twee rijen stoelen aan een grote ovale tafel.
'Zoek maar een plekje,' riep hij joviaal en liep zelf door naar de keuken.
De Cock ging met een zucht op een van de stoelen aan de tafel zitten en legde zijn hoedje naast zich op de vloer. Hij blikte om zich heen. De enige luxe die hij kon ontdekken was een groot plat televisiescherm op ooghoogte aan de muur, omringd door enkele kleine boxen. Verder was de inrichting van het vertrek uiterst sober.
Vledder liep een rondje om de tafel voordat hij naast De Cock plaatsnam.
Even later kwam De Graaf binnen en zette voorzichtig een blad met kopjes en koffie op de tafel. Voordat hij ging zitten schonk hij zijn bezoek in.

De Cock nam twee klontjes, de melk liet hij staan.
'Bent u alleen thuis?' opende de oude rechercheur.
De Graaf knikte.
'Zoals gewoonlijk onder schooltijd.'
'Zoals Smalle Lowietje het uitdrukte, had u een hok vol kinderen,' sprak De Cock met een lach.
'Mijn eerste vrouw was lief en erg vruchtbaar. Ze werd al zwanger als ik naar haar keek. Acht prachtige kinderen in zestien jaar.'
De Graaf wuifde om zich heen. 'Er zijn er al vier het huis uit, die studeren, twee in Groningen en twee doen Wageningen. De jongeren weten nog niet wat ze willen. Ze zitten op het lyceum en de havo.'
De Cock keek hem fronsend aan.
'Dat kost toch een bult geld om al die kinderen te laten studeren?'
De Graaf knikte. 'De studie van Mathilde, mijn oudste, heb ik nog zelf kunnen financieren. Toen ze haar rechtenstudie had voltooid kreeg ze gelukkig een fantastische baan bij het modehuis Verbruggen aan de Nieuwezijds Voorburgwal in Amsterdam.'
'Als ik goed ben geïnformeerd... met van aanvang aan ook een fantastisch salaris,' vulde De Cock aan.
De Graaf zuchtte.
'Mathilde was erg aan mijn eerste vrouw gehecht. Op haar sterfbed heeft Mathilde haar plechtig beloofd de mannen voorlopig uit haar buurt te houden.'
'Waarom?' vroeg De Cock met geveinsd onbegrip.
De Graaf spreidde zijn handen.
'Om de kinderen van mijn vrouw – dus al haar broers en zusters – voor het leven een goede start te geven.'
'Mathilde betaalt hun studie,' stelde De Cock vast.
De Graaf zuchtte opnieuw.
'En wat daar zo bij komt aan kosten. Ze heeft ermee ingestemd dat ik haar geld beheer. Ik ben er mij terdege van bewust dat het haar geld is. Geloof me, ik probeer een goede rentmeester te zijn.'
Hij wees naar het platte televisiescherm aan de muur.

'Toen mijn oude toestel het begaf,' sprak hij somber en met een ondertoon van verontschuldiging, 'heb ik mij, uiteraard met toestemming van Mathilde, dat fraaie scherm aangeschaft. Ik kom door mijn invaliditeit de deur bijna niet meer uit. Televisie is voor mij een uitkomst. En een mooi groot beeld is een weldaad.'
De Cock glimlachte.
'Herman,' sprak hij warm, 'ik gun het je.'
De Cock nam een kleine pauze. Hij schonk zich nog eens in. Ook Vledder en Herman de Graaf namen nog een kopje koffie. Na een paar slokken schoof de oude rechercheur zijn kopje iets van zich af.
'Ik wilde inzake ons onderzoek graag nog eens met Mathilde spreken. De dood van Charles Verbruggen roept nogal wat vragen op. U zult vanmorgen van de heer De Klerk hebben vernomen dat ook de heer Van Maathuizen gisteravond in zijn woning werd omgebracht. Deze moorden lijken op elkaar. Wij hopen dat Mathilde ons nog enig licht in deze duistere affaire kan verschaffen.'
De Graaf stak in een hulpeloos gebaar zijn handen omhoog.
'Ik weet niet waar ze is. Op de avond dat ze de moord op Charles Verbruggen had ontdekt, kwam ze totaal ontredderd thuis. Ze was wel door de politie naar haar etage in Amsterdam gebracht, maar ze is die avond laat toch naar Hoorn gekomen. Ze was vreselijk overstuur. Mathilde is een lieve meid, zachtaardig, meegaand. Maar die avond was ze totaal veranderd... nors, ontoegankelijk, verbitterd. De volgende morgen trok ze al vroeg haar mantel aan en wilde weggaan. Ik hield haar bij de deur tegen en vroeg haar waar ze naartoe ging. Ik ga, zei ze, in Amsterdam aan de Warmoesstraat mijn beklag doen over het optreden van de rechercheurs.'
De Cock keek hem schuins aan.
'Heeft ze ook verteld wat haar klachten waren?'
De Graaf schudde zijn hoofd.
'Ik zal ervoor zorgen, zei ze, dat ze mij niet meer over de moord op Charles Verbruggen lastigvallen.'
De Cock keek De Graaf indringend aan.

'Mathilde is voor ons een belangrijke getuige. Zeker na de dood van de heer Van Maathuizen willen we weten wat er onder de directie van het modehuis gaande is... welke dissonanten er zijn... welke tegenstellingen. Mathilde kan ons, zo hopen wij, daarover inlichten.'
'Ik weet niet waar ze is. Echt niet,' zei Herman de Graaf hoofdschuddend. 'Toen ze terugkwam uit Amsterdam van het hoofdbureau van politie, heeft ze haar koffertje gepakt en is verdwenen.'
De Cock zuchtte.
'Ik neem aan dat u Mathilde heeft gevraagd waar ze heen ging?'
'Natuurlijk heb ik haar dat gevraagd. Ze werd toen weer even de lieve zachte meid die ze altijd was. Als ik je zeg waar ik naartoe ga, zei ze vertrouwelijk, en de recherche komt bij je op bezoek, dan kun je toch je mond niet houden. Daarom is het beter dat je het niet weet.'
'Ze kent u.'
'Ja. Meneer De Cock, ik maak mij zorgen. Mathilde moet terugkomen. Ik wil niet dat zij die baan kwijtraakt.'
'Dan lopen de studies van uw kinderen gevaar.'
Vledder zei: 'U kunt ons officieel verzoeken om haar verblijfplaats op te sporen.'
'En dat betekent?'
'Dat wij proberen om haar verblijfplaats te traceren,' zei De Cock.
'En dan?'
'Geven wij dat aan u door.'
'En wat doen jullie?'
De Cock maakte een verontschuldigend gebaar en Vledder deed hetzelfde.
'Haar verhoren,' zeiden ze in koor.

12

De Cock en Vledder namen vriendelijk afscheid van Herman de Graaf en bedankten hem voor de genoten gastvrijheid en de koffie. Daarna liepen ze terug naar het station. Geen van beiden had meer belangstelling voor de fraaie oude huizen.
De Cock sjokte moeizamer dan anders. Vledder keek hem van opzij aan.
'Het kostte jou maar weinig moeite,' sprak hij glimlachend, 'om van vader De Graaf toestemming te krijgen om de opsporing van de verblijfplaats van zijn dochter Mathilde te verzoeken.'
De oude rechercheur bleef even staan.
'Hij is natuurlijk bang dat ze haar baan bij het modehuis kwijtraakt.'
Vledder snoof.
'Gezien zijn invaliditeit is ook hij afhankelijk van haar inkomsten.'
'De WAO is geen vetpot,' antwoordde De Cock en liep zwijgend verder.
Op de grote parkeerplaats startte Vledder de Golf.
'Terug naar de Kit?'
Ze reden over de dijk langs het IJsselmeer en toen binnendoor naar de kruising waar ze de A7 terug naar Amsterdam namen.
Het viel Vledder op dat De Cock niet onderuitzakte maar van het fraaie Noord-Hollandse landschap genoot.
'Een verademing, Dick, dit weidse uitzicht,' verzuchtte hij. 'O, eh... en ik wil straks nog even naar de Nieuwezijds Voorburgwal, naar het kantoor van het modehuis Verbruggen.'
Vledder keek hem verbaasd aan.
'Wat wil je daar doen? Zie je niet hoe druk het is. Voor je het weet staan we stil in de file.'
'Ik wil praten met Christiaan de Klerk,' sprak De Cock beslist.

Vledder grinnikte.
'Dan hoop ik dat die er nog is. Maar je bent de hele morgen al met hem bezig geweest... zonder resultaat.'
De Cock reageerde niet.
'Als we straks terug zijn aan de Kit zorg je dat er een bericht uitgaat met het verzoek tot opsporing van de verblijfplaats van Mathilde de Graaf.'
'Oké,' antwoordde Vledder gedwee.
De Cock grijnsde.
'Laat dat oké. Ik vind dat zo'n stom woord. Ook een stomme klank. Het hoort in onze taal niet thuis. Bovendien ben ik nog niet met je klaar.'
'Wat wil je nog meer?' vroeg Vledder liefjes.
De Cock gebaarde.
'Stel je in verbinding met het bevolkingsregister in Amsterdam en vraag de namen en geboortedata op van al de kinderen van Herman de Graaf.'
Vledder reageerde verrast.
'De kinderen van Herman de Graaf? Waarom?'
De Cock negeerde de vraag.
'Als je die namen en geboortedata hebt,' ging hij onverstoorbaar verder, 'bel je de politie in Groningen en Wageningen en vraag je beleefd of ze voor je willen nagaan op welke adressen de studerende kinderen van Herman de Graaf wonen.'
Vledder snoof.
'Waarom, als ik vragen mag?'
'Mathilde de Graaf,' legde De Cock uit, 'zal thuis vast nooit iets van haar vreemde gedrag met de directeuren van het modehuis Verbruggen hebben verteld. Het is begrijpelijk dat ze daarover zweeg. Ik kreeg vanmiddag ook niet de indruk dat vader De Graaf daar iets van wist. Maar ik acht de mogelijkheid niet uitgesloten dat het gedrag van Mathilde bij een van haar broers of zusters is uitgelekt.'
'Bedoel je,' riep Vledder geschrokken, 'dat je vermoedt dat een van de broers of zusters van Mathilde uit wraak die moorden heeft gepleegd?'
De Cock keek hem bewonderend aan.

'Een snelle conclusie, Dick. En ik hoop niet,' sprak hij bedachtzaam, 'dat wij onze dader in die richting moeten zoeken... of vinden. Maar het is een reële mogelijkheid... een mogelijkheid waar wij rekening mee moeten houden.'
'Dat zie ik niet,' riep Vledder opstandig.
'Let op je stuur!' Het klonk bestraffend, toen veranderde de oude speurder van toon.
'Ik heb in het verleden eens een zaak behandeld waarin een broer doelbewust de pooier afslachtte die zijn enige zuster in de prostitutie had gebracht.'
'Hoe... eh, hoe zou het gedrag van Mathilde kunnen zijn uitgelekt?'
De Cock trok zijn schouders op.
'Er zijn tal van mogelijkheden. Denk eens aan Anita de Reus, onze vrolijke flapuit.
Ook Andrea van Loosduinen kan door haar omgang met Van Maathuizen veel inlichtingen hebben verzameld. Toen ik tijdens haar verhoor Mathilde de Graaf ter sprake bracht, reageerde ze minachtend: dat hoertje, zei ze. Zij wist dus precies wat er onder het personeel van het modehuis werd gefluisterd.'
Vledder klapte uit woede met de volle vuist van zijn rechterhand op de rand van het stuur van de Golf.
'Let op het verkeer!' zei De Cock.
'Ja ja,' mopperde Vledder. 'Allemachtig,' brieste hij toen, 'wat hebben we weer een verrekte rotzaak onder handen. Waarom zit het ons nooit eens mee? Ik voel er geen bliksem voor om achter een van de kinderen van die Herman de Graaf aan te gaan. Ik vond hem een sympathieke oude man. Je... je kunt hem toch niet vertellen,' ging hij hakkelend verder, 'dat een van zijn kinderen twee moorden heeft gepleegd?'
De Cock liet de jonge rechercheur een tijdje uitrazen.
Veel rustiger vroeg Vledder even later: 'Kun je dat idiote idee dat een van de kinderen van Herman de Graaf bij de moorden is betrokken, niet uit je hersenen laten lekken?'
De Cock schudde zijn hoofd.
'Het is onze taak moorden op te lossen,' sprak hij belerend. 'Daar zijn we voor ingehuurd. En daarbij behoort het zoeken naar een

motief. Uit de gezwollen tekst op de receptenbriefjes blijkt een grote emotionele betrokkenheid van de dader met de straf die de slachtoffers naar zijn of haar overtuiging verdienden. Zodat zijn verrotte ziel tot in eeuwigheid in de hel kan branden.'

Vledder gromde.

'Het is een gek, die zoiets schrijft.'

'De dader is beslist niet gek,' zei De Cock. 'Hij wordt verteerd door de gedachte aan wraak.'

De grijze speurder draaide zich iets naar Vledder toe.

'Denk eens na... wat hebben de slachtoffers Charles Verbruggen en Antonie van Maathuizen met elkaar gemeen?'

'Ze waren allebei directeur van het modehuis Verbruggen,' sprak Vledder grinnikend.

De Cock zuchtte diep.

'Ze hadden allebei ook een seksuele verhouding met Mathilde de Graaf.'

Vledder fronste zijn wenkbrauwen.

'Zijn die seksuele relaties een doodstraf en eeuwig branden in de hel waard?'

'Het is maar hoe je daar tegenaan kijkt... hoe ze tot stand zijn gekomen.'

'Zijn die seksuele verhoudingen volgens jou het motief voor de moorden?'

'Absoluut.'

Vledder snoof verachtelijk.

'En gezien de emotionele betrokkenheid bij de strafoplegging gaan jouw gedachten uit naar een van de oudere kinderen van Herman de Graaf als dader?'

De Cock knikte.

'Dat is een mogelijkheid... of iemand anders in de directe omgeving van Mathilde de Graaf, die zo'n emotionele betrokkenheid kan worden toegedicht.'

Vledder trok een denkrimpel in zijn voorhoofd.

'Ook vader Herman de Graaf?'

De Cock schudde zijn hoofd.

'Hij lijkt mij geen man die tot zulke emotionele expressies kan komen zoals op die recepten staan geschreven. Bovendien

vormt zijn invaliditeit volgens mij een beletsel om als dader te fungeren.'
'Als ik jouw ideeën goed beluister, De Cock, dan vormt Mathilde de Graaf de sleutel tot de oplossing van de moorden.'
De Cock knikte traag.
'Ik durf zelfs de veronderstelling uit te spreken dat zij weet wie de dader is.'
'Waar baseer je dat op?' vroeg Vledder.
De Cock gebaarde met zijn handen.
'Het is een interpretatie van haar vlucht. Zij wil bij ons uit de buurt blijven... bang dat wij haar zullen dwingen om een naam te noemen.'
Vledder grinnikte vreugdeloos.
'Ze kan toch niet eeuwig op de vlucht blijven?'
De Cock trok een grijns.
'Misschien hoopt ze erop dat wij zonder haar medewerking de dader vinden.'
Vledder verzonk in gedachten. Na een poosje wees hij voor zich uit.
'Wil je nog naar de Nieuwezijds Voorburgwal?'
De Cock knikte nadrukkelijk. 'Zeker.'
'Dan storten we ons nu in het stadsverkeer. Hou je vast.'
Tijdens het manoeuvreren tussen het drukke avondverkeer, vroeg Vledder: 'Wat ben je van plan om in het kantoor van het modehuis Verbruggen te gaan doen?'
'Bij Christiaan de Klerk een lans breken.'
'Voor wie?'
'Mathilde de Graaf. Ik wil dat zij hoe dan ook haar baan behoudt.'
Vledder knikte begrijpend.
'Met hetzelfde vorstelijke salaris.'
'Wat er ook gebeurt,' zei De Cock, 'ik wil dat de studie van de kinderen van Herman de Graaf niet in gevaar komt.'
'Jij bent de goedheid zelve, De Cock. Denk je dat je dat lukt? Jij bent sinds de schermutselingen van vanmorgen wel de laatste aan wie Christiaan de Klerk een gunst zou verlenen.'
'Ik heb goede argumenten.'

‘Noem eens?’
De oude rechercheur spreidde zijn handen.
‘De verhouding tussen Christiaan de Klerk en Mathilde de Graaf is niet bezoedeld. Er is tussen die twee nooit iets geweest. En ik ben ervan overtuigd,’ ging De Cock verder, ‘dat De Klerk met steun van Mathilde het modehuis Verbruggen heel goed zal kunnen runnen. Zeker nu op het budget niet langer het salaris van twee dure directeuren drukt.’
Vledder lachte. ‘Ik heb nooit geweten dat in jou ook nog een econoom schuilging.’
De Cock gniffelende. ‘Ik hoop dat mijn argumenten hout snijden... dat ik die De Klerk kan overtuigen.’ Hij keek opzij naar Vledder. ‘Heb jij je mobieltje bij je? Bel eens met het modehuis Verbruggen en vraag aan Anita de Reus of de heer De Klerk aanwezig is. Het is in de buurt van de Nieuwezijds Voorburgwal altijd erg moeilijk om je wagen kwijt te raken. Als hij er niet is, heeft het geen zin dat te proberen.’
‘Je mag niet bellen in de auto,’ zei Vledder gekscherend terwijl hij met één hand zijn mobieltje tevoorschijn haalde en het nummer toetste dat De Cock hem opgaf.
Vledder had een geanimeerd gesprek met de pientere receptioniste. Na een paar minuten drukte hij zijn mobieltje uit en keek op naar De Cock.
‘De Klerk is er niet. Hij is na zijn bezoek aan ons bureau nog wel even op kantoor van het modehuis geweest, maar is kort daarna naar huis gegaan. Anita de Reus vond dat hij er slecht uitzag.’
‘Heb jij zijn adres?’
‘Dat gaf ze me net, maar ik wist het al. Ergens op de Prinsengracht.’
‘Dick Vledder,’ vroeg De Cock ineens lijzig, ‘had jij niet een afspraak met dokter Rusteloos over het resultaat van de sectie op het lijk van Van Maathuizen?’ Hij keek op zijn horloge. ‘Je mag wel opschieten anders is die al naar huis. Breng mij maar naar het huis van Christiaan de Klerk. Dan rij jij naar Westgaarde. Ik vind mijn weg wel terug naar de Kit.’

Vledder kwam met een stuurs gezicht de grote recherchekamer binnenstuiven. Hij plofte op de stoel achter zijn bureau en zuchtte omstandig.
De Cock stak afwerend zijn handen omhoog.
'Ik weet dat je midden in een file terecht bent gekomen. En dat je daar zo slecht tegen kan. Een metertje vooruit en weer stoppen... een metertje vooruit en dan weer stoppen. Daar word jij gallisch van, sikkeneurig. Niets te eten en het liefst zou je in een tank...'
Er brak bij Vledder een glimlach door.
'Goed, goed... daar heb ik het niet over. Hoe ben jij gevaren?'
De Cock tuitte zijn lippen.
'Heel goed. Ik heb kennisgemaakt met de vriend van Christiaan de Klerk, ene Radboud van Everdingen. Leuke vent... vrolijk, hartelijk, amicaal... lijkt uiterlijk wel een beetje op De Klerk... is alleen wat modieuzer gekleed... niet zo slonzig.'
Vledder boog zich iets naar hem toe.
'Mathilde de Graaf?' vroeg hij dringend.
De Cock wreef zich even achter in zijn nek.
'Ik had het geluk dat die vriend mij wel sympathiek vond. Hij steunde direct mijn argumenten. Ik had aanvankelijk wat moeite om mijn houding te bepalen. In feite bemoeide ik mij met het personeelsbeleid van de directeur van een florerende onderneming.'
'Hoe liep het af?' vroeg Vledder.
De Cock zuchtte.
'Radboud van Everdingen was van mening dat Christiaan de Klerk veel meer in zijn mars had, dan de man zelf vermoedde en dat Christiaan met een trouwe hulp aan zijn zijde zeker in staat zou zijn om leiding aan het modehuis te geven. Hij adviseerde zijn vriend om te beginnen met zich beter te kleden, dan kwamen volgens hem de gevoelens van superioriteit vanzelf naar boven.'
Vledder glimlachte. 'Goed advies. En Mathilde de Graaf behoudt haar baan en haar salaris blijf onverkort.'
De Cock knikte.
'Dat heeft De Klerk mij uitdrukkelijk beloofd en zijn vriend was het daar volkomen mee eens. Hij vond het een schitterende oplossing.'

De oude rechercheur trommelde met zijn vingers op het bureau.
'Er zit alleen een klein addertje onder het gras.'
'En dat is?' vroeg Vledder.
'Mathilde de Graaf moet binnen een maand weer boven water komen om haar werkzaamheden voor het modehuis te hervatten. Ik vond dat een redelijke termijn.'
Vledder zuchtte.
'Het is te hopen dat ons verzoek om signalering snel succes oplevert.'
De Cock kauwde even op zijn onderlip.
'Als ze in Nederland ergens in een hotelletje is neergestreken, dan werkt dat wel. Als ze in het buitenland zit, wordt de kans kleiner. Ik heb voor mijzelf de stille hoop dat ze tijdelijk bij een van haar studerende broers of zusters is ondergedoken. We moeten morgenochtend maar eens vroeg op pad gaan. Om te beginnen gaan we naar Groningen.'
De grijze speurder gebaarde voor zich uit.
'Heb jij al contact gehad met de politie in Groningen en Wageningen?'
'Hoe kan dat nou?' riep Vledder verongelijkt. 'De hele dag zijn we in de weer: vanmiddag naar Hoorn, aansluitend heb ik jou afgezet bij het huis van Christiaan de Klerk, toen ben ik als een gek naar Westgaarde gereden. Op de terugweg zat ik weer in de file. Ik heb geen kans gehad om...'
De Cock onderbrak hem lachend.
'Ik heb het al voor je gedaan. Ik heb een keurig bericht verzonden voor de opsporing van de verblijfplaats van Mathilde de Graaf. Ik heb gebeld met onze collega's in Groningen en Wageningen. De adressen van de oudere kinderen van Herman de Graaf liggen rechtsboven in de la van je bureau.'
'De Cock, soms ben je een ellendeling. Waarom jaag je mij eerst op de kast?'
De Cock gniffelde.
'Ik wilde je alleen even plagen.'
De telefoon rinkelde. Vledder wees ernaar.
'Zullen we hem maar laten bellen?'
'Nee, pak maar op,' zei De Cock.

De grijze speurder monsterde het gezicht van zijn jonge collega. Hij zag aan zijn expressie onmiddellijk dat Vledder naar iets verschrikkelijks luisterde.
Toen Vledder de hoorn op het toestel teruglegde, zag hij bleek.
'Wie was het?'
'Christiaan de Klerk.'
'Christiaan de Klerk?' sprak De Cock misprijzend. 'Wat had ie?'
'De Klerk heeft zojuist bij hem thuis aan de Prinsengracht zijn geliefde vriend Radboud van Everdingen dood aangetroffen.'
De Cock streek met de rug van zijn hand langs zijn droog geworden lippen.
'Vermoord?'
Vledder knikte.
'Gewurgd met een wurgkoord en op een van de revers van zijn colbert hangt een briefje met een tekst.'

13

De Cock slofte voorzichtig om de leren fauteuil heen en keek strak in het dode gelaat van het slachtoffer. Het was geen prettige aanblik. Het gezicht was door de strangulatie gezwollen. De wijd opengesperde ogen staarden in het niets en de tong stak half uit de mond.
Vledder, achter hem, hijgde in zijn nek.
'Is dat die Radboud van Everdingen over wie je sprak?'
De Cock knikte.
'Een paar uur geleden zat ik hier met Christiaan de Klerk in deze kamer tegenover hem. Een aardige, sympathieke vent met een goed verstand. In de regel sta ik vrij onbevangen tegenover een dodelijk slachtoffer, maar dit doet pijn. Ik heb het gevoel dat de dader mij nu persoonlijk iets heeft aangedaan.'
Vledder drukte zijn oudere collega iets opzij en boog zich ver voorover naar het briefje op de rechterrevers van het slachtoffer.
'Het is weer een receptenbriefje van dokter Van Aken uit Purmerend en het begint ook nu met *Pede poena claudo*.'
De Cock zuchtte.
'Komt daarna: *Dit is de derde*?'
Vledder las verder: '*Ook deze vent is door mij persoonlijk met plezier gewurgd. Zo dat ook zijn verrotte ziel tot in eeuwigheid in de hel kan branden.*'
De Cock schudde zijn hoofd.
'Hoe lang gaat de dader van deze derde grove wurgmoord hiermee door? Dit is absurd. Onzinnig. Hoeveel slachtoffers staan ons nog te wachten?'
Vledder grinnikte.
'Misschien stopt hij pas als hij door zijn voorraad receptenbriefjes heen is.'
De Cock kon het grapje van Vledder niet waarderen. Maar verzweeg dit.

'Er moet,' zo verzuchtte hij, 'toch een gedachtelijn in die moorden zitten, een denkpatroon? Dit is toch geen pure waanzin?'
Vledder keek hem van terzijde aan.
'Van jouw theorie,' schamperde hij, 'dat de seksuele verhoudingen van Mathilde de Graaf het motief vormen voor deze wurgmoorden, klopt in ieder geval geen draad.'
Hij wees naar het slachtoffer.
'Deze vriend van Christiaan de Klerk is homo, dat is duidelijk. Deze man heeft nooit een seksuele relatie met Mathilde de Graaf gehad.' Hij grinnikte. 'En daar heeft hij vermoedelijk ook nooit naar verlangd. Waarschijnlijk heeft hij haar niet eens gekend, was hij zich van haar bestaan niet bewust.'
'Toch is hij dood,' zei De Cock. 'Vermoord op dezelfde manier als Verbruggen en Van Maathuizen.'
Vledder keek vragend in zijn richting. 'Bedenk een nieuwe theorie.' Het klonk cynisch.
De Cock krabde zich even achter in de nek, maar reageerde verder niet.
'Heb je de meute al gewaarschuwd?'
Vledder knikte.
'Al toen we hier binnenkwamen. Via de wachtcommandant met mijn mobieltje.'
De Cock tikte hem op zijn schouder.
'Neem jij verder hier de honneurs waar?'
'Waarom? Waar ga jij dan heen?' vroeg Vledder verstoord.
De Cock gebaarde opzij.
'Hiernaast zit een grienende Christiaan de Klerk. Ik ga even met hem praten... kijken hoe het met hem is.'

Christiaan de Klerk zag er ontluisterd uit. Zijn overhemd hing uit zijn broek. Zijn ogen zagen rood en zijn wangen waren nat van tranen.
De Cock schudde hem de hand. 'Gecondoleerd met het verlies van je vriend,' sprak hij vormelijk. Daarna ging hij tegenover hem zitten.
'Woonde Radboud hier bij jou op dit adres?'
'Ja.'

'Permanent?'
De Klerk veegde de tranen van zijn gezicht en knikte.
'Al geruime tijd. Radboud en ik konden het heel goed samen vinden. We waren van plan om dit jaar nog voor de kerstdagen te trouwen.'
De Cock glimlachte.
'Het klikte tussen jullie.'
'Zeker.'
'Wie wisten van jullie relatie?'
De Klerk pufte.
'Weinigen. Alleen onze naaste familieleden. Wij liepen er niet mee te koop. We gingen samen ook nooit naar specifieke homogelegenheden.'
'Kon iemand op het kantoor van jouw modehuis het weten?'
Christiaan de Klerk schudde zijn hoofd.
'Ik ben ervan overtuigd dat niemand op kantoor wist of zelfs maar vermoedde dat ik een vriend had. Uiteraard heb ik Radboud nooit als mijn vriend aan het personeel van ons kantoor gepresenteerd. Onze geaardheid gaat niemand een bliksem aan.'
De Cock pauzeerde even.
'Hoe laat vond je hem in die fauteuil?'
'Kort voordat ik jullie belde.'
'Radboud was alleen thuis?'
'Nadat u vanmiddag was vertrokken, belde Rudolf Gerbrandsen mij. Hij had gehoord dat Antonie van Maathuizen was vermoord. Gerbrandsen vertelde dat hij met Van Maathuizen de aspecten van een fusie tussen onze modehuizen had besproken. Hij nodigde mij uit om bij hem thuis nog eens een oriënterend gesprekje te voeren.'
'En daar bent u op ingegaan?'
De Klerk maakte een hulpeloos gebaar.
'Rudolf Gerbrandsen woont niet zo ver hiervandaan. Op de Keizersgracht. Ik ben erheen gelopen. Misschien ben ik zo'n drie kwartier gebleven. Ik heb hem duidelijk gemaakt dat ik niets voor een fusie voel. Nu niet en in de toekomst niet.'
'Alles bij elkaar bent u dus ruim een uur van huis geweest.'

'Zeker niet langer.' De man had het moeilijk, maar De Cock vroeg door.
'Toen u vanmiddag van huis wegging, hebt u toen het pand slotvast afgesloten?'
De Klerk schudde zijn hoofd.
'Waarom? Radboud was toch thuis. Ik heb de deur gewoon achter mij dichtgetrokken.'
'En toen u thuiskwam?'
De Klerk snikte en De Cock was bang voor een nieuwe huilbui.
'Stond de deur toen open?' vroeg hij snel.
'Dat maakte mij al argwanend,' sprak Christiaan de Klerk met verstikte stem. 'Ik dacht aan inbrekers of andere malloten. Ik heb nog even overwogen om niet naar binnen te gaan en u te bellen voor advies. Maar ik was toch nieuwsgierig.'
De Cock wreef even met zijn vlakke hand over zijn gezicht.
'Ik heb er niet op gelet, maar staat op of naast de voordeur van dit pand alleen uw naam, of ook de naam van uw vriend Radboud?'
Christiaan de Klerk schudde zijn hoofd.
'De naam Radboud van Everdingen staat er niet op. Misschien later. Nu staat er alleen C. de Klerk, zonder verdere aanduiding.'
'Weet u iets van de achtergronden van Radboud van Everdingen? Hoe was zijn verleden... is hij wel eens bestraft... had hij vijanden?'
De Klerk spreidde zijn handen in een wanhoopsgebaar.
'Radboud is een keurige vent, komt uit een keurige familie. Ik heb nooit iets nadeligs over hem vernomen.'
'Vroegere relaties?'
'Ken ik niet.'
De houding van Christiaan de Klerk veranderde. Er kwam weer wat kleur op zijn gezicht en het rood in zijn ogen leek minder. Het was alsof hij plotseling alles van zich afschudde. Hij stond op, frommelde zijn overhemd weer in zijn broek en ging met een gestrekte rug weer zitten. Met zijn hoofd scheef keek hij De Cock onderzoekend aan.

‘Radboud van Everdingen,’ sprak hij helder, ‘is wel op een vreemde manier vermoord. Strak gewurgd met een touw aan stokjes en dan dat vreemde blaadje met die gekke tekst op een van zijn revers.’
Hij zweeg even.
‘Herkent u dat?’
De Cock knikte.
‘Ik herken dat. Charles Verbruggen en Antonie van Maathuizen zijn op dezelfde manier om het leven gebracht.’
Christiaan de Klerk trok zijn kin iets omhoog.
‘Dat vermoedde ik al, en zal ik u eens precies vertellen wat ik denk?’
‘Graag.’
‘Dat de dader zich heeft vergist...’
‘Vergist?’ vroeg De Cock met verbazing op zijn gezicht.
De Klerk knikte.
‘De moordenaar beoogde niet Radboud van Everdingen om te brengen, maar mij. Hij vergiste zich. Of hij wist niet beter.’
De Cock keek hem strak aan.
‘Waarom zou men u willen vermoorden?’
De Klerk zuchtte diep en boog zijn hoofd.
‘Het is simpel. Bij mijn dood zouden alle leidinggevende figuren van ons modehuis zijn weggevallen.’
De Cock fronste zijn wenkbrauwen.
‘Wie had daar belang bij?’
‘Gerbrandsen. Hij kon dan zijn zo begeerde fusieplannen realiseren.’
‘Vrijwel zonder enige belemmering,’ zei De Cock.
‘Precies.’
De Cock blikte even voor zich uit.
‘Aan deze mogelijkheid... aan dit motief had ik nog niet gedacht.’
Christiaan de Klerk keek De Cock uitdagend aan.
‘Vraag aan Gerbrandsen welke moordenaar hij heeft ingehuurd en hoeveel hem dat heeft gekost.’

Toen De Cock na het gesprek met Christiaan de Klerk in de zitkamer terugkwam was het lichaam van Radboud van Everdingen al uit de fauteuil verdwenen. Hij liep naar Vledder, die in de laden van een schrijfbureau snuffelde.
'Je hebt snel gewerkt.'
De jonge rechercheur glimlachte.
'Zíj hebben snel gewerkt. Van Wielingen moest nog naar een grote kraak op de Vijzelgracht en op dokter Den Koninghe lagen nog een paar lijken te wachten. Ze hebben er allebei haastwerk van gemaakt.'
'Het lijk is naar Westgaarde?'
'Ja.'
'Heeft dokter Den Koninghe nog iets gezegd over het tijdstip van overlijden?'
'Nog geen uur geleden.'
De Cock knikte.
'Het moet gebeurd zijn toen Christiaan de Klerk een bezoekje bracht aan het huis van Rudolf Gerbrandsen. Die had hem ontboden voor een oriënterend gesprek in verband met de fusieplannen die hij met Van Maathuizen had ontwikkeld. De Klerk is alles bij elkaar nog geen uur weg geweest.'
'De Klerk was toch tegen een fusie?'
'Dat heeft hij Gerbrandsen ook duidelijk gemaakt.'
De oude rechercheur glimlachte.
'Christiaan de Klerk ontvouwde mij een prachtige theorie.'
'En?'
'De dader heeft zich vergist.'
'Vergist?' vroeg Vledder verrast.
De Cock knikte.
'De dader vermoordde per ongeluk de verkeerde man. Niet Radboud van Everdingen moest dood, maar hij, Christiaan de Klerk.'
'Waarom?'
De Cock glimlachte fijntjes.
'Volgens De Klerk is Rudolf Gerbrandsen de aanstichter. Om zijn fusieplannen door te voeren, moesten alle leidinggevende figuren van het modehuis Verbruggen worden geruimd... in-

clusief De Klerk. De dood van Radboud van Everdingen was een bedrijfsfoutje van de door Gerbrandsen gefinancierde huurmoordenaar.'
'Geloof jij dat?' vroeg Vledder ongelovig.
De Cock schudde zijn hoofd.
'Daarin past de moord op Antonie van Maathuizen niet. Hij was voorstander van een fusie. Bovendien plegen huurmoordenaars in de regel geen wurgmoord en schrijven geen tekst op een receptenblaadje.'
De grijze speurder nam een kleine pauze.
'Waarin ik wel geloof, is het idee dat de dader de verkeerde man doodde.'
'Hoezo?'
'Hij of zij bedoelde wel degelijk Christiaan de Klerk te doden.'
'Waarom?'
De Cock plukte lachend aan zijn neus.
'Omdat iedereen dacht dat ook Christiaan de Klerk veelvuldig gebruikmaakte van de seksuele geneugten, aangeboden door Mathilde de Graaf.'
'Jouw oude theorie.'
'Precies... mijn oude theorie,' antwoordde De Cock. Hij wees naar het schrijfbureau.
'Waar zocht je naar?'
Vledder grinnikte.
'Die Christiaan de Klerk houdt alles bij. Alle voorvallen op het kantoor van het modehuis vermeldt hij in een logboek. Hij heeft ook aantekeningen gemaakt van de dag dat hij en Antonie van Maathuizen bij Verbruggen werden ontboden om te vernemen dat Mathilde de Graaf tot dienstbaarheid bereid was.'
'Wanneer was dat?'
'Nog geen jaar geleden.'
De Cock grijnsde. 'Ook dat bevestigt mijn oude theorie.' Hij kneep zijn lippen samen. 'Neem het maar in beslag.'
'Toch zal ik eerst aan Christiaan de Klerk vragen of ik zijn logboek in het belang van het onderzoek enige tijd mag lenen. Ik wil hem niet opnieuw tegen mij in het harnas jagen. Ik denk dat ik hem in de nabije toekomst nog hard nodig heb.'

‘Hoe?’ vroeg Vledder.
‘Dat leg ik je nog wel eens uit,’ glimlachte De Cock, waarna hij zijn gezicht in een frons trok.
‘Wat heb je met het recept gedaan?’
Vledder tikte op zijn colbert.
‘Zit in mijn binnenzak.’
‘Met de foto’s die wij van de andere recepten hebben, nemen we ook dit morgen mee op onze excursie.’
‘Excursie?’
De Cock knikte.
‘Gooi de tank van de Golf maar tot zijn nekharen vol benzine. We gaan morgen al vroeg naar Groningen en Wageningen en laten aan de vier oudste kinderen van Herman de Graaf het handschrift van de tekst op de recepten zien.’

14

De Cock had moeie voeten en pijn in zijn kuiten.
Het was er ineens, onaangekondigd, als een donderslag bij heldere hemel. Hij leunde achterover en legde zijn voeten op een hoek van zijn bureau. Met een van pijn vertrokken gezicht bevoelde hij zijn kuiten. Het was alsof geniepige kleine duiveltjes uit pure boosaardigheid met duizend spelden in zijn kuiten prikten. Hij kende de pijn, die uit de holten van zijn voeten kwam, langs zijn hielen omhoogtrok en zich vastzette in zijn kuiten.
Hij wist ook wat die pijn betekende. Telkens als de zaken slecht verliepen, als zijn onderzoeken dreigden te verzanden en hij het machteloze gevoel had volkomen in het duister te tasten, gaven die helse duiveltjes acte de présence.
Vledder keek hem bezorgd aan.
'Is het weer zover?'
De Cock knikte en sloot zijn ogen. Enkele minuten bleef hij zo zitten, bewegingloos en geconcentreerd. Zijn markante gezicht leek een stalen masker. Om de pijn te verdrijven zette hij zijn tanden in zijn onderlip.
'Het gaat wel weer over,' sprak hij mat. 'Het duurt nooit zo lang, zoals je weet.'
De oude rechercheur schudde zijn hoofd.
'Ik heb vannacht ook veel te kort geslapen. Hooguit een uur of vier.' Op het gezicht van de grijze speurder brak een glimlach door. 'Dat is niet genoeg voor dit oude lijf van mij.'
'Dat heeft niets met een oud lijf te maken,' sprak Vledder terwijl hij zich uitrekte. 'Ik heb sinds ik opstond ook het gevoel dat ik niet meer ben dan een lome zak met rammelende botten. Ik neem mij al dagen voor om eens vroeg naar bed te gaan, maar jij komt steeds met iets anders om mijn privéleven te verstoren.'
De Cock lachte.
'Wij hebben geen beroep voor goede voornemens.'

De grijze speurder voelde nog eens aan zijn kuiten. De pijn trok langzaam weg.
Voorzichtig tilde hij zijn benen van zijn bureau en rolde zijn stoel naar voren.
'Het was gisteren een slechte dag,' verzuchtte hij.
'Dat kun je wel zeggen,' zei Vledder. 'Onze excursie naar Groningen en Wageningen was een regelrechte flop. De kinderen van Herman de Graaf begrepen niets van onze benadering.'
De Cock trok een bedenkelijk gezicht.
'Toch had ik het gevoel dat die twee in Groningen het handschrift op de receptenblaadjes herkenden. De oudste, Peter, kon zijn verbazing amper bedwingen.'
Vledder schudde zijn hoofd.
'Maar niemand zei iets. Ze verklaarden alle vier het handschrift niet te kennen. En ik moet je eerlijk zeggen dat ik in geen van de vier kinderen De Graaf een moordenaar zie.'
'Je hebt gelijk,' gaf De Cock toe. 'Ze missen alle vier de emotie, de wilde gedrevenheid die uit de tekst op de recepten blijkt. Het zijn heel nuchtere jonge mensen.'
Vledder grinnikte.
'Wat zei jouw oude moeder ook altijd: je kijkt ze wel voor de kop, maar niet in de krop.'
De Cock lachte.
'Dat heb je goed onthouden. We zitten op de verkeerde golflengte, Dick. Een doodlopend pad. We moeten de dader van de moorden niet onder de kinderen van Herman de Graaf zoeken.' De Cock greep met zijn handen naar zijn hoofd. 'Maar wie heeft zo'n emotionele binding met Mathilde de Graaf dat hij of zij moordend wraak neemt.'
Vledder keek hem schuins aan.
'Jij gaat er nog steeds vanuit dat het motief bij Mathilde de Graaf ligt?'
'Daar ben ik van overtuigd. De slachtoffers zijn de mannen van wie werd gedacht dat zij Mathilde de Graaf seksueel hadden misbruikt.'
'Behalve dan die Radboud van Everdingen,' vulde Vledder grijnzend aan.

De Cock zuchtte.
'Daar heb ik mij vannacht ook mee beziggehouden. Op de grote voordeur van het pand van Christiaan de Klerk staat alleen de naam: C. de Klerk. Ik denk dat de dader alleen een adres wist... verder niets. Geen signalement en geen uiterlijke kenmerken. Toen de moordenaar in het pand aan de Prinsengracht een man aantrof, heeft hij of zij maar aangenomen dat het Christiaan de Klerk was.'
'En wurgde hem,' zei Vledder. 'Het verbaast mij alleen dat de dader zijn slachtoffers zo gemakkelijk heeft kunnen benaderen. Er zijn nergens sporen van braak gevonden... Bij Charles Verbruggen stond de buitendeur op een kier. Andrea van Loosduinen had een sleutel van het huis van Antonie van Maathuizen. Misschien heeft de dader kans gezien om een kopie van die sleutel te maken. Ik denk dat Radboud van Everdingen zijn toekomstige moordenaar of moordenares gewoon heeft binnengelaten.'
Vledder keek De Cock schuins aan.
'Verwacht je nog meer slachtoffers?
De Cock schudde zijn hoofd.
'Als er nog een slachtoffer komt, klopt mijn theorie niet.'
De grijze speurder glimlachte. 'En ik geloof in mijn theorie. Onvoorwaardelijk. Meer slachtoffers komen er niet... tenzij de dader erachter komt dat hij in het huis van Christiaan de Klerk de verkeerde heeft vermoord.'
Vledder keek verrast.
'Kunnen we dat bericht niet rondstrooien?'
'Hoe?'
Vledder bewoog zijn schouders kort heen en weer.
'Jij kent vast wel een of andere journalist, die je een primeurtje gunt.'
De Cock trok een vies gezicht.
'Dan moet je vanaf dat moment Christiaan de Klerk permanent bewaken. En met ons nijpend personeelsbestand lukt dat beslist niet.'
De oude rechercheur pauzeerde even.
'Moet jij nog naar de sectie op het lijk van Radboud van Everdingen?'

Vledder keek op zijn horloge.
'Straks om twaalf uur.'
De Cock gleed met zijn pink over de rug van zijn neus.
'Ik heb nog één troef. Daar zal ik aan werken als jij naar Westgaarde bent.'
'Wat is die troef?'
'Een weduwe.'
De mond van Vledder zakte open.
'Een weduwe?'
De Cock knikte.
'Meer zeg ik je niet.'

De Cock schoof de mouw van zijn regenjas iets terug en keek op zijn horloge. Hij had nog ruim een kwartier voordat, zo hoopte hij, de moordenaar zich zou melden. De oude rechercheur voelde hoe de spanning bezit van hem nam. De diepe haarwortels op zijn schedel tintelden en zijn hart klopte in een hogere versnelling.
Hij had door de technische dienst van het hoofdbureau in de muur van het kamertje, waarin hij na de moord op Radboud van Everdingen met De Klerk had zitten praten, twee gaatjes laten boren. Een voor hem en een voor Vledder, die nu naast hem stond. De kleine gaatjes gaven uitzicht op de plek waar Radboud het leven liet. In diezelfde leren fauteuil zat nu Christiaan de Klerk. Hij droeg onder zijn donkere colbert een trui met een hoge kraag, waarin – geleend van de technische dienst – een stalen band om zijn hals tegen een wurgaanval te beschermen.
De Cock had zich verzekerd van de hulp van Fred Prins en Appie Keizer, twee collega's op wie hij altijd een beroep kon doen in speciale gevallen en die onvoorwaardelijk vertrouwen stelden in zijn acties.
De oude rechercheur had de twee rechercheurs met hun mobieltjes geposteerd op de Prinsengracht met uitzicht op de toegangsdeur van het huis van Christiaan de Klerk. Die deur was niet slotvast afgesloten, maar stond, volgens afspraak, op een kier.
De Cock keek opzij naar Vledder.

‘Kun je snel genoeg in de kamer komen?’
Vledder knikte.
‘De deur van dit kamertje openen en dan nog hooguit vijf stappen. In enkele seconden ben ik bij Christiaan de Klerk.’ Hij zuchtte. ‘Ik vraag mij af hoeveel tijd de moordenaar zal nemen voor hij toeslaat. Om De Klerk te wurgen moet hij hem toch van achteren benaderen.’
De Cock schudde zijn hoofd.
‘Die kans moeten we hem niet geven.’
Hij zweeg even.
‘Heb jij over dat receptenblaadje al bericht van het laboratorium in Rijswijk?’
Vledder trok een somber gezicht.
‘Het is niets geworden. Het laboratorium heeft mij vanmorgen gebeld. De moordenaar droeg vermoedelijk handschoenen toen hij de recepten schreef. Er is geen DNA-materiaal gevonden.’
‘Jammer.’
‘Weet je zeker dat de moordenaar komt?’ vroeg Vledder.
De Cock schudde zijn hoofd.
‘Niet voor honderd procent. Het is niet te voorspellen af zo’n valstrik lukt.’
Vledder glimlachte.
‘Je hebt weer een valletje opgezet?’
De Cock knikte.
‘Christiaan de Klerk was na de dood van zijn vriend volledig bereid tot medewerking om de moordenaar van onder anderen Radboud van Everdingen te vatten. Hij stond er zelfs op om als toekomstig slachtoffer te fungeren. Ik heb hem een brief gedicteerd. Een gemene brief. Ik hoop dat de moordenaar daarop reageert.’
Vledder keek even door het gaatje.
‘Wat dacht je,’ vroeg hij bezorgd, ‘zal de moordenaar niet worden afgeschrikt door die hoge coltrui die De Klerk onder zijn jasje draagt?’
De Cock trok zijn schouders iets op.
‘Ik hoop en verwacht dat de moordenaar hier in wilde woede naartoe komt.’

‘Waarom?’
‘Gezien de strekking van de brief die De Klerk hem stuurde.’
‘Jij weet wie de moordenaar is?’
‘Ja. Sinds gistermiddag.’
Het mobieltje van De Cock meldde zich. Het was Fred Prins.
‘Voor het pand loopt een jongeman heen en weer en kijkt voortdurend op zijn horloge.’
‘Maak een paar foto’s van hem met je mobieltje en geef een seintje als hij naar binnen gaat.’
‘Oké.’
De Cock gromde.
‘Ook al oké.’
Onmiddellijk daarop meldde Fred Prins zich weer.
‘Hij gaat naar binnen.’
De Cock en Vledder posteerden zich achter hun kijkgaatje.
Na enkele seconden kwam een jongeman in hun gezichtsveld. Hij droeg een smetteloos lichtgrijs kostuum. In sluipende tred liep hij op Christiaan de Klerk toe en haalde een wurgkoord uit een zijzak van zijn colbert.
De Cock gaf Vledder een duw.
‘Nu,’ hijgde hij.
De jonge rechercheur duwde de deur open en stormde het kamertje uit. De Cock volgde en zag hoe Vledder door de jongeman ondersteboven werd gelopen. Hij krabbelde weer overeind en zette de achtervolging in.
Buiten op de Prinsengracht ving de sterke Fred Prins de vluchtende man op en werkte hem tegen de grond.
Vledder boog zich over de jongeman heen en draaide zijn gezicht naar zich toe. Verrast keek hij omhoog naar De Cock.
‘Henry Bernisse!’
De Cock knikte.
‘De enige zoon van een weduwe.’

15

De ding-dong in de gang dreunde nog een beetje na. De Cock deed de deur van zijn woning open. Voor hem op de stoep stond Vledder, met een stralende Adelheid van Buuren aan zijn arm. Ze hield een fraai boeket bloemen in een breed scala aan kleurschakeringen voor zich. Ze knikte met haar hoofd in de richting van Vledder.
'Dick vertelde mij dat het zijn gewoonte is om voor uw lieve vrouw een bloemetje mee te brengen. Die gewoonte neem ik van hem over.'
De Cock lachte.
'Je zult het merken, Dick heeft tal van goede gewoonten. Ik heb ze leren kennen.'
Hij deed een stap opzij en liet hen binnen.
'Zijn de anderen er al?' vroeg Vledder.
De Cock knikte.
'Fred Prins en Appie Keizer hebben het hoogste woord. Laat twee politiemannen met elkaar praten en je hebt stof voor een hele roman. Die twee overstelpen mijn vrouw om beurten met bloedstollende verhalen.'
'Visserslatijn?'
'Beslist.'
Ze stapten de woonkamer in. Mevrouw De Cock kwam onmiddellijk overeind en schudde Adelheid en Dick ter begroeting de hand. Met een gebaar van verrukking nam ze het fraaie boeket bloemen in ontvangst.
'Wat mooi. Wat een schitterende boeket. Met veel roze en rood. Mijn lievelingskleuren.'
Ze wuifde uitnodigend naar een paar diepe fauteuils.
'Ga zitten,' riep ze vrolijk. 'Ken je Fred Prins en Appie Keizer?'
Adelheid lachte.
'Ik heb dat stel wel eens ontmoet. Maar ik heb nog nooit met hen samengewerkt.'

‘Vraag overplaatsing van het hoofdbureau naar de Warmoesstraat. Dan kun je nog wat beleven,’ zei De Cock.
Adelheid gebaarde heftig.
‘Aan het hoofdbureau kan het ook spoken!’
Fred Prins boog zich over naar De Cock.
‘Wat had die vertoning op de Prinsengracht te betekenen? Het is dat ik mij schrap zette, anders had die vent mij net als Vledder ondersteboven gelopen.’
De Cock glimlachte. ‘Ik doe niet voor niets een beroep op je. In moeilijke situaties blijf jij recht overeind. Ik weet nog hoe jouw Ierse vrouw mij noemt.’
Fred Prins grijnsde.
‘That dangerous old man.’
Appie Keizer keek naar De Cock.
‘Wat had die vent op zijn geweten?’
De oude rechercheur stak afwerend zijn hand op.
‘Voor ik uitleg geef... eerst traditie.’
Hij pakte de fles cognac Napoleon, die hij speciaal voor dergelijke gelegenheden in voorraad hield, en vulde ruim de bodem van diepbolle, voorverwarmde glazen. Hij reikte die zijn gasten aan. Daarna hield hij zijn glas omhoog.
‘Een toost,’ sprak hij ernstig, ‘een toost op een nieuwe regering voor ons land. Moge die de wijsheid opbrengen om het personeelsbestand van de politie op te voeren tot een aanvaardbaar niveau. Vledder en ik hebben in enkele dagen drie moorden behandeld en daarbij hebben we geen dactyloscoop gezien. Personeelstekort. Bij de Vreemdelingendienst zien ze het al jaren niet meer zitten.’ De oude rechercheur nam een slok van zijn cognac en zette zijn glas naast zich op een bijzettafeltje.
Fred Prins verschoof onrustig in zijn fauteuil.
‘Wat waren dat voor moorden?’
‘Wurgmoorden met een bijzonder aspect. Op de revers van het slachtoffer vonden we steeds een receptenblaadje gespeld.’
‘Een receptenblaadje?’ zei Appie Keizer met een vies gezicht.
De Cock knikte.
‘Receptenblaadjes van dokter Jan van Aken uit Purmerend. Op die blaadjes stond een vreemde Latijnse tekst: *pede poena clau-*

do, letterlijk: straf met kreupele stappen, een Latijnse woordspeling. Er wordt bedoeld: een straf die te laat op de misdaad volgt.'
Fred Prins snoof.
'Wat was die misdaad?'
'Een goede vraag, Fred. Een vraag die ons het hele onderzoek bezig heeft gehouden. We konden aanvankelijk geen redelijk motief vinden. Om te beginnen introduceer ik de invalide Herman de Graaf. Die man blijft achter met acht kinderen na het overlijden van zijn vrouw. Voor de verzorging van zijn grote gezin trouwt hij al snel na de dood van zijn vrouw met een weduwe, de vrouw van een gestorven vriend. Herman heeft, voor hij invalide werd, zijn oudste dochter, Mathilde, rechten kunnen laten studeren. Ze wordt secretaresse bij het modehuis Verbruggen en krijgt een vorstelijk salaris. Dat salaris van Mathilde wordt jarenlang door haar vader gebruikt om zijn opgroeiende kinderen een universitaire opleiding te geven.'
Mevrouw De Cock juichte.
'Prachtig toch?'
De oude rechercheur knikte.
'Maar Charles Verbruggen, de directeur van Mathilde de Graaf, is een gluiperd... een ellendeling van het zuiverste water. Wanneer hij op een dag verneemt dat Mathilde de Graaf aan het sterfbed van haar moeder plechtig heeft beloofd de mannen voorlopig uit haar buurt te houden om voor de best denkbare toekomst van de kinderen te kunnen blijven zorgen, zet hij haar onder druk. Hij speculeert erop dat Mathilde haar vorstelijke salaris niet kan missen en dwingt haar tot seksuele omgang met hem en zijn mededirecteuren Antonie van Maathuizen en Christiaan de Klerk. Mathilde de Graaf zwijgt hierover thuis in alle toonaarden, maar het personeel van het modehuis ontgaat niets. Vooral een pientere receptioniste volgt het gedrag van de secretaresse nauwgezet.'
'Vreselijk!' riep mevrouw De Cock uit.
Fred Prins stak een hand op.
'Dat had toch zo kunnen blijven? Er zijn genoeg secretaresses die iets met hun directeur hebben.'
De Cock maakte een wegwerpgebaar.

'Het bleef niet zo. Antonie van Maathuizen wilde een fusie met het concurrerende modehuis Gerbrandsen. Met de directeur van dat modehuis voerde hij op diens kantoor besprekingen. Hij maakte daar kennis met ene Andrea van Loosduinen, werkzaam bij Gerbrandsen, waar ook Henry Bernisse in dienst is.'
Fred Prins knikte begrijpend.
'De latere moordenaar.'
'Precies,' knikte De Cock. 'Henry Bernisse komt er door verhalen van Andrea van Loosduinen achter dat onder het personeel van het modehuis Verbruggen wordt gefluisterd dat ene Mathilde de Graaf daar met de directeuren knoeit.'
Vledder kwam uit zijn fauteuil overeind.
'Hoe zit het dan met die Bernisse?'
De Cock zuchtte.
'Als ik had geweten dat die Henry Bernisse zo ongeveer met Mathilde was opgegroeid, dan hadden wij na de moord op Charles Verbruggen de andere moorden kunnen voorkomen.'
Vledder zwaaide met zijn armen.
'Hoe kwam jij dan op die Henry Bernisse? Jij zocht de dader toch tussen de kinderen van Herman de Graaf?'
De Cock knikte.
'Uit de gezwollen tekst op de receptenblaadjes bleek een grote emotionele betrokkenheid van de dader met hetgeen Mathilde had ondergaan. Die emotionele betrokkenheid achtte ik bij haar broers en zusters aanwezig.'
De oude rechercheur liet zijn hoofd even zakken.
'Ik was de weduwe vergeten...'
'Je bedoelt de tweede vrouw van Herman de Graaf.'
'Precies. Ik vroeg mij af met wie zij getrouwd was geweest en of uit dat huwelijk kinderen geboren waren.'
Vledder kneep zijn ogen even dicht.
'Henry Bernisse.'
De Cock maakte een hulpeloos gebaar.
'Henry Bernisse is bijna even oud als Mathilde. Hij was heimelijk verliefd op haar. Toen hij van de beschuldigingen hoorde eiste hij van zijn stiefzuster verantwoording voor haar gedrag.'
Vledder greep naar zijn hoofd.

'En Mathilde vertelde hem hoe en waarom zij tot haar gedrag jegens de directeuren was gekomen.'
De Cock nam nog een slok van zijn cognac.
'Henry Bernisse kookte van woede. Zonder iemand er in te kennen besloot hij wraak te nemen. Charles Verbruggen en Antonie van Maathuizen kende hij. Hij had ze wel eens bij Gerbrandsen op kantoor ontmoet. Christiaan de Klerk kende hij niet. Daarom stierf Radboud van Everdingen. Volkomen onschuldig. Henry Bernisse nam aan dat het Christiaan de Klerk was die hij in de stoel zag, en vermoordde hem zonder enig berouw. Hij heeft over die moord ook later tijdens mijn verhoor geen spijt getoond.'
Vledder ging weer zitten.
'Hoe gemeen was de brief die jij Christiaan de Klerk liet schrijven?'
De Cock wreef zich even in zijn nek.
'Mag ik dat voor mij houden?'
Vledder schudde resoluut zijn hoofd.
'Ik wil wel wat van je leren, De Cock.'
Zijn oude collega kauwde even op zijn onderlip.
'Ik liet Christiaan de Klerk, nota bene een homo, schrijven dat hij zo intens had genoten van de seksuele geneugten die Mathilde de Graaf hem had geboden. Hij eiste van Henry Bernisse dat hij Mathilde, zijn stiefzuster, nog regelmatig naar hem toe diende te sturen om van haar diensten gebruik te kunnen maken. Anders zou hij zijn kennis van het gebeurde aan de politie openbaren.'
'Smerig.'
De Cock knikte.
'Je hebt gelijk. Smerig. De tekst was erop gericht om bij Henry Bernisse de nodige woede op te wekken. Hij moest ertoe gedreven worden om Christiaan de Klerk alsnog te vermoorden. Het is een overweging... drie gruwelijke moorden zijn een smak misdaad.'
De oude rechercheur schonk zichzelf en de anderen nog eens in. Hij zakte diep weg in zijn fauteuil. Hij vond het genoeg geweest, drie moorden, zoveel emotie en zo'n ellendige aanleiding.

Na enige stilte werd het gesprek algemener. De gruwelijke wurgmoorden zakten wat naar de achtergrond.
Mevrouw De Cock ging naar de keuken en kwam terug met schalen vol lekkernijen.

Het was al laat toen alle gasten waren vertrokken.
Mevrouw De Cock schoof een poef bij en ging voor de fauteuil van haar man zitten.
'Ze hebben er vanavond niet naar gevraagd,' sprak ze lieflijk. 'Maar is Mathilde de Graaf inmiddels weer boven water?'
De Cock knikte.
'Ik heb het verzoek tot opsporing van haar verblijfplaats laten vervallen. Ze heeft zich bij Christiaan de Klerk gemeld en gaat morgen haar werkzaamheden bij het modehuis Verbruggen hervatten.'
Mevrouw De Cock trok rimpels in haar voorhoofd.
'En haar aanklacht tegen Vledder?'
De grijze speurder glimlachte.
'Ik ben met Mathilde de Graaf aan mijn arm naar de zedenpolitie aan het hoofdbureau gegaan. In mijn bijzijn heeft ze haar aanklacht tegen Vledder ter zake seksuele intimidatie ingetrokken. "Ze had een handbeweging van Vledder verkeerd geïnterpreteerd"...'
'Handig.'
De Cock grinnikte.
'Ik heb haar geïnstrueerd, zodat haar aanklacht niet als vals kon worden opgevat.'
De oude rechercheur gniffelde.
'Dan heb ik nog iets schoons uitgedacht.'
'En dat is?'
'Op mijn verzoek hebben Mathilde de Graaf en Christiaan de Klerk besloten om aan het personeel volledige openheid van zaken te geven. Christiaan de Klerk zal uit de kast komen, zoals ze dat tegenwoordig noemen, en Mathilde de Graaf zal uiteenzetten hoe en waarom zij zich dienstbaar aan de directeuren opstelde.'
'Netjes.'

'Inderdaad. Bij een volledige openheid ontstaan er niet zo gemakkelijk fnuikende roddels.'
Mevrouw De Cock schoof nog iets dichter naar haar man toe.
'Had Henry Bernisse de receptenblaadjes bij dokter Jan van Aken gestolen?'
De Cock knikte.
'Hij woonde in zijn jonge jaren, toen zijn vader nog leefde, in Purmerend en het gezin was patiënt van dokter Van Aken. Die receptenblaadjes heeft hij al heel lang geleden stiekem uit de la gepikt. Om onduidelijke reden heef hij ze bewaard tot hij op het idee kwam om bij de wurgmoorden daarop uiting te geven van zijn woede.'
Mevrouw De Cock knikte begrijpend.
'Wist Mathilde de Graaf dat haar stiefbroer de moorden had gepleegd?'
De Cock schudde zijn hoofd.
'Alleen van de eerste wist ze het, niet van de andere twee. Daarvan is nu pas duidelijk geworden wie de dader is. Ze wist alleen dat Henry Bernisse haar directeur had omgebracht.'
'Hoe... eh, hóé wist ze dat?'
De Cock ademde diep.
'Voor ze op het dode gezicht van Verbruggen mepte, had ze het handschrift op het papiertje herkend. In onze Golf, op weg naar huis, bedacht ze dat een streng verhoor van de recherche haar wel eens noodlottig kon worden. Als ze bekende dat ze het handschrift had herkend, kon ze, zo bedacht ze, mogelijk als kroongetuige tegen Henry worden gebruikt. Dat wilde ze voor alles voorkomen.'
Mevrouw De Cock knikte.
'Vandaar haar valse aangifte tegen Vledder en haar vlucht naar een onbekende bestemming.'
De grijze speurder schonk zijn vrouw een lieve lach.
'Door de jaren heen begin je ons vak al aardig onder de knie te krijgen.'

De volgende boeken van Baantjer zijn bij De Fontein verschenen:

1 De Cock en een strop voor Bobby
2 De Cock en de wurger op zondag
3 De Cock en het lijk in de kerstnacht
4 De Cock en de moord op Anna Bentveld
5 De Cock en het sombere naakt
6 De Cock en de dode harlekijn
7 De Cock en de treurende kater
8 De Cock en de ontgoochelde dode
9 De Cock en de zorgvuldige moordenaar
10 De Cock en de romance in moord
11 De Cock en de stervende wandelaar
12 De Cock en het lijk aan de kerkmuur
13 De Cock en de dansende dood
14 De Cock en de naakte juffer
15 De Cock en de broeders van de zachte dood
16 De Cock en het dodelijk akkoord
17 De Cock en de moord in seance
18 De Cock en de moord in extase
19 De Cock en de smekende dood
20 De Cock en de ganzen van de dood
21 De Cock en de moord op melodie
22 De Cock en de dood van een clown
23 De Cock en een variant op moord
24 De Cock en moord op termijn
25 De Cock en moord op de Bloedberg
26 De Cock en de dode minnaars
27 De Cock en het masker van de dood
28 De Cock en het lijk op retour
29 De Cock en moord in brons
30 De Cock en een dodelijke dreiging
31 De Cock en moord eerste klasse
32 De Cock en de bloedwraak
33 De Cock en moord à la carte
34 De Cock en moord in beeld
35 De Cock en danse macabre
36 De Cock en een duivels komplot
37 De Cock en de ontluisterende dood
38 De Cock en het duel in de nacht
39 De Cock en de dood van een profeet
40 De Cock en kogels voor een bruid
41 De Cock en de dode meesters
42 De Cock en de sluimerende dood
43 De Cock en 't wassend kwaad
44 De Cock en het roodzijden nachthemd
45 De Cock en moord bij maanlicht
46 De Cock en de geur van rottend hout
47 De Cock en een dodelijk rendez-vous
48 De Cock en tranen aan de Leie
49 De Cock en het lijk op drift
50 De Cock en de onsterfelijke dood
51 De Cock en de dood in antiek
52 De Cock en een deal met de duivel
53 De Cock en dood door hamerslag
54 De Cock en de dwaze maagden
55 De Cock en de dode tempeliers
56 De Cock en de blijde Bacchus
57 De Cock en moord op bestelling
58 De Cock en de dood van de Helende Meesters
59 De Cock en moord in reclame
60 De Cock en geen excuus voor moord
61 De Cock en de gebrandmerkte doden
62 De Cock en een veld papavers
63 De Cock en de broeders van de haat
64 De Cock en de dood van een kunstenaar
65 De Cock en de dartele weduwe
66 De Cock en moord in triplo